AF551243

Max Oravin

Toni & Toni

Roman

Literaturverlag Droschl

熟練した屠殺者が牛を殺し切り分けて
大道の四つ辻に並べている
まさにそのように僧侶はその身を観察する

念処経

wie ein geübter Metzger die Kuh
nach der Schlachtung am Straßenrand zerlegt
so betrachtet der Mönch seinen eigenen Körper

Nenjokyō

Im reinen Land, am Heimweg, denke ich an Toni. Kalt das Metall des Schlüsselbunds in der Manteltasche, ich stelle mir vor, wie er, noch bevor ich die Klinke berühre, klirrend mein Heimkommen ankündigen wird, wie sich, unter dem Druck meiner Hand, lautlos der Türflügel öffnet. Danach ist alles unbekannt: Wird die Wohnung beleuchtet sein oder verdunkelt? Wird Toni auf mich zukommen, vielleicht lächelnd, vielleicht mit verkniffenem Mund, oder wird sie im Bett liegen? Wird sie gegessen haben? Werden wir gemeinsam kochen, oder hat sie bereits gekocht? Wird sie, wenn ich für sie koche, essen oder sich weigern zu essen? Und sollte sie nicht auf mich zukommen, sondern im Bett liegen, wird sie antworten, wenn ich nach ihr rufe? Wird sie, falls sie nicht antwortet, erst mit mir sprechen, wenn ich zu ihr an die Bettkante trete, mich zu ihr beuge, ihren Arm berühre? Oder erst, wenn ich mein Gesicht an ihren Hals lege, ihren Namen sage? Vielleicht bleibt sie still. Jetzt, da ich reglos im Bett liege, die Augen geöffnet zur weißen Wand, kenne ich die Fragen noch genau, ich prüfe sie einzeln. Von allen scheint mir, wie immer, die Frage nach dem Licht die wichtigste zu sein. Man sollte, denke ich, den Lichtschein durch die Ritzen der geschlossenen Tür hindurch erahnen können, aber es ist mir nie gelungen. Ich könnte, wie an manchen Tagen, am Tor vorbei um das Haus gehen, in die Seitenstraße, zu der unsere Fenster zeigen, und schauen, ob die Wohnung erleuchtet oder verdunkelt ist, um dann, besser vorbereitet, an unsere Türschwelle zu treten. Ich lasse es sein. Nun, da ich fast zu Hause bin, ist es mir lieber, früher alles zu wissen, als mich, Schritt für Schritt, schonend dem Wissen anzunähern. Ich denke zurück an meine Stunden in der Nationalbibliothek, das Lehrbuch flimmernd vor mir am Bildschirm, denke, wie im Japanischen zwischen dem Thema eines Satzes, markiert durch *wa* は, und seinem Subjekt, markiert durch *ga* が, unterschieden wird. Wenn Toni das Thema meines Denkens ist, wer ist dann das Subjekt? Wer erzählt, wie erzählt sich eine subjektlose Geschichte? Straßenlampen scheinen auf verstreute Blätter, die Sonne sinkt früh, die Augen, geblendet, meiden den Himmel, meiden die Weite. Weiß ist die Zeit, die nicht vergeht, schwarz der Wortstrom, auf den mein Denken schaut. Es ist schon lange nichts passiert. Meine Ohren, nicht jetzt, dort, auf der Straße, entblößt, dem Wind ausgesetzt, die Haube vor Langem verloren, der Mantel kapuzenlos, den Schal fest über das Kinn gezogen, die mottenzerfressene Stelle zur Seite gekehrt. Kälte dort, wo die Armbeuge des Pullovers durchgescheuert ist, der Knochen reibt nun das Mantelfutter, drängt die schutzlose Haut nach außen in die Welt. Ich gehe, wie immer, den Kanal entlang, entgegen der Strömung, Radfahrer schnellen an mir vorbei, zerren, im Fahrtwind, an meinen Gedanken. Vielleicht, auch das kommt vor, ist Toni nicht zu Hause, vielleicht ist sie hinausgegangen, zum türkischen Supermarkt, um Schokolade zu kaufen, oder eine Runde um den Augarten, den sie im Dunklen meidet, geduldig die Außenmauer entlang. Aber, denke ich weiter, dann hätte sie mir, vielleicht, geschrieben, dann hätten wir uns, selten kommt es vor, draußen verabredet und wären gemeinsam nach Hause spaziert. Toni hat nicht geschrieben, also ist sie, vermutlich, zu Hause. Schon biege ich vom Kanal ab in die Obere Donaustraße, umkreise den Gaußplatz, sehe von Weitem unser

Haustor, offen stehend, wie immer, seit die Klingelanlage kaputt ist. Ich taste mich im Dunkel des Treppenhauses nach oben, die Glühbirne seit Monaten nicht ausgetauscht, finde das Schlüsselloch blind, Moment des Umschlags, an dem das Mögliche wirklich wird, eine Sichtbarwerdung der, wie ich denke, Seinzeit 有時, doch davon später, davon jetzt. Was sehe ich, die Augen an der nackten Wand? Bilder gebrannt in die Netzhaut: Die Wohnung hell erleuchtet, ein Dunst von Linsensuppe, Toni kommt aus der Küche und lächelt mich an, sagt hallo Toni, ich sage hallo Toni, wir legen uns, anstatt eines Kusses, flüchtig die Nasen aneinander. Ich lege meine Hand auf ihren nackten Arm, spüre die vertrauten Narben, Toni dreht sich, der Schwung, wie damals, in Perfektion, die Füße lautlos am Boden, aus meinem Griff, nimmt meine Hand, zieht mich in die Küche. Es liegt ein Erinnern in dieser Bewegung, ein Abrufen des Wissens, gespeichert in ihrem Körper, von allem, was gewesen ist. Haut gespiegelt in Haut, ein synchronisiertes Zucken der Sehnen, ein Gleiten der Gesten, ein blendendes Licht, unter den Füßen der ausgehöhlte Sand. Wir sprechen, wie immer, nicht über den Tag, doch das Gespräch ist leicht, perlt, durchsichtig, an der Wand, fließt langsam zu Boden. Im Bett, nicht hier an der weißen Wand, sondern dort, vor derselben weißen Wand, lege ich eine Hand auf Tonis Bauch, spüre die Anspannung des zerstörten Muskels, Toni dreht sich zur Seite, entzieht sich, lässt meine Stimme verhallen im Schlaf. Mein Wecker klingelt, wie immer, um sechs, ich habe, um Toni nicht zu wecken, einen leise anschwellenden Weckton gewählt, er reißt mich schon in der ersten Sekunde, wenn er die Schwelle vom Unhörbaren ins

Hörbare durchbricht, aus dem Schlaf, die Hand schnellt wie ein Raubtier zum iPhone, stillt den Ton. Ich liege hellwach im Bett, starre zur Decke, höre auf Tonis leises Atmen neben mir, ihr Gesicht mir zugewandt, drehe mich zu ihr, lege eine Hand auf ihr Haar, auf ihr Ohr, küsse ihre Stirn, Toni murmelt im Schlaf. Ich winde mich leise aus den Decken, setze die Füße aufs Parkett, richte mich vorsichtig auf, schleife bei jedem Schritt den Socken am Parkett, um ein Knarren der Bretter zu vermeiden. In der Küche breite ich, im schmalen Spalt zwischen Kühlschrank und Esstisch, am Boden die Wolldecke, Ersatz eines Zabuton 座布団, aus, setze mich auf mein abgewetztes Zafu 座蒲, die Beine im Halblotus, den Blick, leicht gesenkt, gegen die weiße Wand gerichtet. Mein iPhone zählt die Zeit, zwei mal dreißig Minuten, ich zähle den Atem, benenne die Eindrücke, die das Zählen stören: Hören 聞 das Summen des Kühlschranks, Sehen 見 die Motte an der Wand, Fühlen 感 den Schmerz im unteren Rücken, Fühlen 感 eine Erinnerung an Toni, mit glasigen Augen und Blut auf der Haut. Ich verstaue, nach der vom Gong zerschlagenen Zeit, die Decke, sorgfältig zusammengelegt, und das Zafu im Schrank, koche Tee und schmiere Brote zum Frühstück, mein Kopf bezeichnet weiter: Hören 聞 das Zischen des Wassers, Fühlen 感 ein Knistern des Wortstroms, ich denke an Toni, atmend im Bett. Ein Loop in meinem Gehirn, ich löse die Schlaufe, Sehen 見, auf der Milchpackung, eine grinsende Kuh. Normalerweise würde ich mich nach dem Frühstück an den Laptop setzen und mit meiner Lektüre fortfahren, ich lese derzeit, als PDF, eine lange Glosse zum Herzsutra 心経, dazu, in englischen Fassungen, die Kommentare des

Sōtō-Mönchs Dōgen 道元 und des Rinzai-Mönchs Hakuin 白隠, zwei jener Werke, die ich so gerne eines Tages im Original lesen möchte. Dōgens Name, das erkenne ich bereits, besteht aus dem Kanji für Pfad 道 und dem Kanji für Ursprung 元, ich frage mich, ob er auf den Pfad zum Ursprung verweist oder, stattdessen, auf den Ursprung des Pfads. Hakuins Name besteht, so glaube ich, aus dem Kanji für Weiß 白 und dem Kanji für Verborgen 隠, ich denke an eine weiße Wand, an ein weißes Blatt Papier wie ein blendendes Licht, gedimmt unter der Schwärze der Schriftzeichen. Eine halbe Stunde ist für die Lektüre eingeplant, meine Augen drängen danach, sich dem Flackern des Bildschirms zu ergeben. Doch heute wird mir der Tag, ich habe da noch einen Tag, aus den Händen gerissen, ich kann nicht, wie gewohnt, um neun, pünktlich zur Öffnung, vor der Nationalbibliothek stehen, ich habe um acht Uhr dreißig einen Termin beim Arbeitsmarktservice, bleibe noch, etwas länger als sonst, am Frühstückstisch sitzen, unruhig die Teetasse in der Hand. Der innere Befehl aufzustehen kommt unbemerkt, ich gehe ins Zimmer, trete ans Bett, küsse Toni flüchtig die Stirn, sage leise bis später, sie antwortet nicht. Draußen, im kalten Novembermorgen vor der offenen Haustür, muss ich mich zwingen, den Körper nicht nach links zu wenden, in Richtung des Kanals, dessen Promenade ich, auf der rechten Seite, bis zur Salztorbrücke entlanggehen würde, von dort dann einschlagen in den ersten Bezirk, zwischen den Touristenmassen die Tuchlauben hinab, an St. Peter vorbei in den Kohlmarkt und dann in die Hofburg, bis zum Heldenplatz, dessen Weite, im Blick auf den massiven Stein der Bibliothek, mich atmen ließe. Ich muss mich vielmehr nach rechts drehen, die Jägerstraße über den Wallensteinplatz entlang, vorbei an der Brigittakirche und der U-Bahn-Station bis zu einem zweckhaften Neubau, der erste Eingang ein Fitnesscenter, der zweite führt ins AMS. Meine Betreuerin, Frau Hlaváček, kennt mich gut, ich gehe zu ihr, seit ich im LOFT gekündigt habe, sie schaut mich freundlich und mitleidig an, fragt, was hat sich getan? Ich schüttle den Kopf. Im System bin ich, meinem Studienabschluss geschuldet, als Philosoph arbeitssuchend gemeldet, Frau Hlaváček konnte, in all dieser Zeit, kein einziges Angebot vermitteln. Sie habe, sagt Frau Hlaváček, eine Schulung für mich, es sei wieder Zeit. Sie druckt mir das Infoblatt aus, es handelt sich um einen zweitägigen Kurs über Bewerbungsgespräche und die Optimierung des Lebenslaufs, das wird Ihnen, sagt sie, bestimmt guttun? Ich zucke die Schultern, nicke, sie entlässt mich, weist mit der offenen Handfläche zur Tür. Auf der Straße schaue ich, im Gehen, auf den Ausdruck, der Kurs beginnt morgen, dauert jeweils von zehn bis siebzehn Uhr, zwei volle Tage, die für die Bibliothek verloren sind. Fettgedruckt der Ort, der Anna-Altmann-Park, er ist mir bekannt, ich halte inne, die Füße stockend am Asphalt, sehe die flüchtig gebauten Mauern inmitten des Parks aufragen, sehe mich, damals, das Gebäude betreten und durch die vertrauten Gänge gehen, ich atme ein, atme aus, öffne die Tür, lasse das Licht in die Hirnkammern brechen, Fühlen Fühlen Fühlen 感感感. Doch diesmal entkomme ich dem Lichtstrom, bleibe bei mir. Schritt vor Schritt vor Schritt zu setzen, bis nichts mehr bleibt als Schreiten, ein Kinhin 経行 des Gehirns. Der Heldenplatz fast menschenleer, rastlos mein

Blick. Mein üblicher Spind ist belegt, ich stopfe den Rucksack, ein Fluchwort im Mund, in den angrenzenden Spind, finde keine Bibliotheksbeutel mehr, um meine Sachen zu verstauen, gehe, den Laptop unter den Arm geklemmt, die Zutrittskarte in der Hand, durchs Drehkreuz hindurch, die Sitze im Foyer um diese Uhrzeit, es irritiert mich, bereits mit Menschen gefüllt. Mein Platz ist besetzt, ein Student im Lacostehemd, die Bücher zum Zivilrecht vor ihm auf dem Tisch gestapelt, spielt auf dem Handy. Ich stehe, schaue mich um. Mein Platz, auf dem der Student sitzt, befindet sich oben auf der Galerie am vorderen Ende des Langtischs, der einzige Nebenplatz liegt zu seiner Rechten, ich schiebe gewöhnlich den Stuhl ein wenig zur Seite, um Abstand zu wahren. Heute bleibt mir das verwehrt. Ich schaue in den Saal hinunter, die Einzeltische nur spärlich belegt, ich steige hinab, wähle einen Fensterplatz mit Blick in den Burggarten, lege die Laptoptasche auf den Sitz neben mir. Ich beginne, streng nach dem Plan, mit den Kanji, der ersten Stufe meines Japanischlernens, ich nutze dafür eine Karteikartenapp nach dem *spaced repetition* System, übe zunächst die dreihundert Schriftzeichen, die für diesen Tag anstehen, dann die fünfundzwanzig neuen, deren Bedeutung ich erst lernen muss. Mein Deck arbeitet nach einer mnemonischen Methode, mit kleinen Geschichten, die die Bedeutung jedes Zeichens aus seinen Radikalen, den Bestandteilen entziffern, ich erzähle sie mir, Karteikarte um Karteikarte, immer wieder selbst. Ich lerne hier nur die Bedeutung, die Aussprache der Zeichen übe ich, mit geringerem Pensum am Tag, in der zweiten Stufe, vor der ersten Pause, die sich heute, wie alles, verschiebt. Ein zitterndes

Augenlid, ich erkenne längst sicher verankerte Kanji nicht wieder. Gedanken an die Lektüre des Herzsutra, die ich, eigentlich, nach der Mittagspause und vor den Lektionen zur japanischen Grammatik, fortsetzen würde, während ich heute erst aufholen muss, was der Morgen verpasst hat. Vor mir, auf dem Bildschirm, das Kanji für *lichtdurchflutet* 煌, es verschwimmt vor meinem Auge, die Finger schweben reglos über den Tasten. Ich denke an den Infozettel Frau Hlaváčeks, an die Adresse im zehnten Bezirk, sehe ein Bild, das mich entblößt. Wie lässt es sich in Worte fassen? Wie soll ich erzählen, wenn mein Gedächtnis ein Bündel ausgebrannter Nerven ist? Meine Stimme kennt keine Vergangenheit, sie sieht und hört und fühlt und denkt, spricht, im Wortstrom, unentwegt zu mir in ihrer gnadenlosen Gegenwart. Eine weiße Wand, auf die sich Zeichen malen. Ein Hirnschwamm, zu lange in die Sonne gelegt, eine flackernde Aura, blinde Flecken in jedem Bild. Ich muss die Lücken füllen, ich erfinde einen Nervenstrang, der alles durchzieht. Ein pulsierendes Blitzen, ein Rhythmus, der die Unterschiede angleicht, die Bilder erzählbar macht. So viel zunächst: ein schmaler Gang im lieblosen Neubau am Anna-Altmann-Park, vorbei an den Toiletten, Kloakengeruch in der Luft. Ein Finger an der Klingel, ich warte nicht lange, Toni öffnet, ein Flackern in den Augen, die Tür. Sie tritt zur Seite, öffnet den Blick für einen weiteren Gang, der sich lang erstreckt, Türen zur rechten und linken Seite, mündend in ein Fenster, hinaus in den Park, hinaus ins blendende Licht. Eine fremde Stimme durchschneidet den Sprachstrang, ich schnalze zurück in den Lesesaal, sehe, mein Blick vom Bildschirm gewandert, den

Burggarten hinterm Fensterglas. Ist hier, fragt die Stimme, noch frei? Kein Warten auf meine Antwort, ein älterer Herr greift meine Laptoptasche, reicht sie mir höflich, legt einen Stapel Bücher zur Ahnenforschung auf den Tisch, setzt sich zu mir. Ein Geruch nach Aftershave und Schweiß, ein unruhiger Atem. Ich atme ein und atme aus, fokussiere den Bildschirm, bringe die Kanjiübung zu Ende, meine Fehlerrate liegt, wie mir die Statistiken zeigen, bei dreiunddreißig Prozent, deutlich höher als sonst, das Pensum in den nächsten Tagen wird, in Folge, steigen, wird weiter am Zeitplan kratzen. Ich merke, wie das Band zerreißt, mir der Wille entgleitet, ich scrolle, in meiner Sammlung buddhistischer PDFs, durch eine Übersetzung der langen Prajñāpāramitā-Sutren, von denen, wie ich weiß, das Herzsutra eine präzise Verknappung darstellt, bleibe, in der endlosen Perlenkette aus Text und Text, bei einem Abschnitt hängen, der, wie mir der Kommentar erklärt, auf dem Satipatthāna Sutta, einem der alten Sutren aus dem Pali-Kanon, nahe noch an den Worten des Buddha, basiert, man betrachte, lese ich hier, den Körper als Hautsack, gefüllt mit losen Organen und Knochen, der Geist, in Gelassenheit, wisse, dass, in Wahrheit, kein Lebewesen im Körper existiert. Wo liegt die Schwelle von der toten Materie zum fühlenden, zum denkenden Fleisch? Die Unterschiede zerfließen, ich schaue, wie sich in einem Kinetoskop in flackernder Abfolge zwei Körper überlagern: der eine von innen bewegt, ein alchemisches Automaton, der andere von außen gezwungen, eingespannt in eine Foltermaschine, das Zucken der Glieder beider Körper beinahe identisch, beinahe synchron. Zuletzt stülpt sich der Hautsack von innen nach außen, er platzt, oder: das Außen drängt nach Innen herein, lässt ihn ins Unscheinbare implodieren, Körper und Körper zu *einem* Körper verwachsen, ein wuchernder Homunkulus. Und wieder ein Sehnenriss im Denken, ich blinzele, schaue mich um, unsicher, ob mir nicht ein Laut entfahren ist, doch im Lesesaal kein Nachhall, niemand dreht sich nach mir um, neben mir fährt, ungerührt, ein Finger durch die Tafeln seiner Ahnen. Die weiße Wand schaut reglos, auch hier ist es still. Ich gehe, trotz all der Verspätungen im Lernen und Lesen, zu früh in die Pause, esse mein Brot und den Müsliriegel, versuche den Tag zu kitten. Die dreißig Euro in die Jahreskarte der Nationalbibliothek zu investieren, so denke ich an den meisten Tagen, war eine kluge Entscheidung, die massiven Mauern engen mich ein, komprimieren die Gesten, zwingen das Denken, sich in klar gesetzten Grenzen zu artikulieren. Heute jedoch bleiben die Muskeln, die Gedanken schlaff. Ich schaue auf meine abgewetzten Schuhe, auf die Stelle am großen Zehen, an der sich ein Loch, beinahe schon sichtbar, ankündigt, frage mich, ob es, um den Eindruck der zerfallenden Kleidung zu kaschieren, genügt, sich gründlich zu waschen, ich dusche täglich, lange, in schneller Abfolge von kaltem und heißem Wasser, die Gedanken gerichtet auf meine Haut, lasse Denken 想 und Fühlen 感 verschmelzen, achtsam auf die Kopräsenz von Wohlgefühl und Schmerz. An manchen Tagen, denke ich, weiß ich es? erfinde ich es?, stünde Toni nun bereits auf aus dem Bett, nicht plötzlich, wie ich, sondern langsam, ein Gleiten vom Schlaf in den Tag. Sie würde, denke ich, zunächst ihr Android vor die verklebten Augen halten, vielleicht die Folge einer jener Serien schauen, die sie, seit damals, von Anfang bis Ende, Staffel um Staffel, durchläuft. Ihre Lieblingsserien handeln, natürlich, vom Tanz, amerikanische Highschool-Märchen von Durchhaltevermögen und Erfolg, sie enden stets in tosendem Applaus. Nach Ende der Folge, erzähle ich mir, schläft Toni vielleicht nochmal ein, nicht tief, ein Schlummern eher als traumloser Schlaf, öffnet, irgendwann, die Augen, steht, impulslos, selbst überrascht, wie ich glaube, wie ich erzähle, auf aus dem Bett. Meist duscht sie, putzt sich die Zähne. Das Frühstück ist ihr wichtig, sie nimmt sich für dessen Vorbereitung lange Zeit, wischt zuerst, sorgfältig, alle Oberflächen, manchmal auch den Boden, als bereite sie den Raum für ein Opfer, das niemand vollzieht. Es sorgt mich, dass Toni Riten entwickelt, Tonis Handeln, denke ich, doch das ist damals, entzieht sich dem Ritus, ihre Gesten, so klar und präzise, drängen widerständig in die Welt, bleiben unwiederholbar. Jetzt jedoch, da ihre Gesten beschnitten sind, verkümmert sie in ihrer Haut wie das Wildtier im Käfig. Das Frühstück besteht aus Müsli mit Joghurt und Früchten und Honig, dazu ein frischgepresster Orangensaft, Toni hat, auch wenn der Körper ihrem Kommando entglitten ist, jene gesunde Ernährung nie aufgegeben, die den Körpermenschen eigen ist. Sie sitzt dann lange, ihr Müsli löffelnd, am Esstisch, den Laptop aufgeklappt vor ihr, auf dem sie Serien schaut oder sich durch den Newsfeed scrollt. Nach dem Frühstück ist, in ihrem Kopf, der Tag vorbei. Oft geht sie zurück ins Bett, um zu lesen, damals hat Toni selten gelesen, doch heute gibt es Wochen, in denen Toni nichts anderes tut als lesen, Buch um Buch, vom einen Stapel auf den anderen, am Nachttisch neben dem unbenutzten Strickzeug, was liest sie?

Manchmal liegt sie im Bett, um einfach zu liegen, manchmal, man kann es nie voraussehen, geht sie hinaus oder erledigt den Haushalt. An manchen Tagen geht Toni noch vor dem Frühstück zurück ins Bett, an manchen Tagen steht sie, wenn die Gesten im Morgen versickern, gar nicht auf. Ich habe ihr, für den Notfall, in Reichweite des Betts Zwieback in den Schrank gestellt, dazu Limonaden und ein paar Wasserflaschen, manchmal erlauben es ihre Nervenstränge, danach zu greifen, manchmal bleibt sie liegen, hat, wenn ich am Abend zu ihr trete, einen knurrenden Magen und ausgetrocknete Lippen. Das Bild beschlägt von innen meine Augen, ich springe unwillkürlich auf, als hörte ich meinen Weckton, verlasse die Bibliothek durchs Drehkreuz, im schamhaften Wissen, dass ich die japanische Grammatik heute nicht aufschlagen werde. Zu Hause antwortet, als ich die Türe öffne, Toni nicht auf meinen Ruf, das Bett ist leer, es dauert noch eine Stunde, bis sie mit einem kleinen Einkauf bepackt lächelnd zur Tür hereinkommt, überrascht und freudig, mich zu sehen, wir kochen gemeinsam Risotto, lesen uns dann, zum ersten Mal seit Monaten, gegenseitig etwas vor. Am nächsten Morgen, nach einer unruhigen Meditation und einem unruhigen Frühstück, im Wissen, dass ich heute nicht in die Bibliothek werde gehen können, dass, erneut, jemand anders meinen Stammplatz belegen wird und dort, in meiner Abwesenheit, meinen Japanisch-Plan um einen Tag zurückwirft, setze ich, im Flimmern des Bildschirms, die gestern versäumte Lektüre fort, verliere mich im vertrauten Text. Das Herzsutra 心経, nur zweihundertsechsundsiebzig chinesische Schriftzeichen lang, in der von mir benutzten Übersetzung ein Text von fünfunddreißig Zeilen, liegt mir, in der japanischen Lautform, noch aus meiner Zeit im Zendō 禅道 im Ohr, Silbe für Silbe im Sprechchor skandiert, erste Saat für meine Wahl dieser Sprache. Es gibt darin jene Worte, die mich nie verlassen: kein Fühlen kein Wahrnehmen kein Wollen kein Denken kein Auge kein Ohr keine Nase keine Zunge kein Körper kein Geist keine Farbe kein Ton kein Geruch kein Geschmack keine Berührung kein Ding. Ich streife mit den Augen über den Text 無色無受想行識無眼耳鼻舌身意無色聲香味觸法無眼界乃至無意識界, sehe den Rhythmus der Verneinung 無, spärlicher gesät als in der englischen Übersetzung, dazu noch, in anderen Teilen des Sutra, ein anderes Zeichen für *nicht* 不, wünsche mir, den Unterschied zu begreifen. Das zweite Kanji 不 erscheint mir schwächer, als einfache Verneinung des Geschehens, als Umpolung, Umkehrung des Vorzeichens, das erste Kanji 無 hingegen ist, so denke ich, stärker, eine Leere, ein unhintergehbares Mal einer Abwesenheit, die ursprünglicher ist als jene Präsenz, die sie verneint. Aber ich kann mir nicht sicher sein, durchdringe noch lange nicht die japanische Lesart eines chinesischen Texts, noch bin ich nicht so weit. Ich habe mit dem Japanischlernen vor drei Monaten begonnen, ich hatte, in einem plötzlichen Rückgleiten in mein tägliches Zazen 座禅, auf YouTube Vorlesungen über die Geschichte des Buddhismus geschaut, und der Vortragende hatte gesagt, wer den Buddhismus studieren wolle, müsse Japanisch lernen, dort finde sich sämtliche Literatur, so könne man den auf Pali, auf Sanskrit, auf Tibetisch und Chinesisch und weitere Sprachen verstreuten Kanon überblicken, so greife man seine Geschichte leicht mit einer Hand. Ich habe noch am selben Tag die ersten Kanji gelernt, die ersten Grammatikregeln gelesen. Mein Plan ist, die Bedeutung der zweitausend wichtigsten Kanji nach sieben acht Monaten zu kennen, mit der Aussprache taste ich mich langsamer vor, für die sechstausend wichtigsten Vokabel gebe ich mir, wie ich schätze, wie ich anordne, zwei drei Jahre Zeit. Das Hörverständnis, die Konversation sind mir gleichgültig, ich möchte lesen, und schon jetzt merke ich, wie meine Augen anders als früher über die japanischen Texte tasten, so wie nun über Dōgens und Hakuins Kommentare zum Herzsutra, sogar über die Zeilen des Sutras selbst, die mir scharf erscheinen wie ein Ätzbild auf der Netzhaut, das alle Wahrnehmung durchdringt. Kein Alter und Tod und auch kein Ende von Alter und Tod, so legt sich die Welt auf die Netzhaut, nichts existiert, was zu erlangen, und nichts, was zu verlieren lohnt, ich wäre, wie ich denke, *ohne Hindernis und ohne Furcht*. Dōgen, wenn ich ihn richtig verstehe, beschreibt im *Shōbōgenzō* 正法眼蔵, wie sich die Leere des Herzsutra auch auf die Modi der Zeit, auf Vergangenheit, Gegenwart und Zukunft erstreckt, wie die Modi, sich gegenseitig stützend, endlos ineinanderfallen. Und Hakuin ergänzt, in den *Dokugo chū shingyō* 毒語注心經, seinen Giftwörtern für das Herz, dass ein einziger Bissen den Hunger stillt bis ans Ende der Zeit. Ich möchte bleiben in den Texten, mich tiefer in sie graben, habe längst vergessen, dass um mich, anstatt der Mauern der Nationalbibliothek, unsere Zimmerwände sich spannen, habe, das Hören 聞 ertaubt, den langsamen Atemklang Tonis längst aus dem Denken 想 geblendet, doch ich sehe die Uhrzeit am Bildschirm, weiß, dass ich aufbrechen muss zur Schulung am Anna-Altmann-Park. Der Weg ist vertraut, ich bin ihn, damals, oft gegangen, mit schwerelosem Hirn. Zunächst über die Friedensbrücke, mit Blick an der Müllverbrennungsanlage vorbei bis in die Hügel, zum Franz-Josefs-Bahnhof, von dem aus die Straßenbahn quer durch die Stadt fährt. Ich habe immer, damals, in der Straßenbahn gelesen, heute bin ich dafür zu unruhig, betrachte die Studierenden, die am Schottentor ein- und aussteigen, sehe, nur schwach voneinander unterschieden, die Touristen strömen ins Belvedere. Im Grau des zehnten Bezirks, mit Druck in der Stirnhöhle, gehe ich die letzten Meter zu Fuß. Die Gänge des schon lange nicht mehr neuen Neubaus inmitten des Anna-Altmann-Parks sind lieblos, wie dafür gemacht, sich aller Erinnerung zu entziehen, eine weißgraue Leinwand, auf die sich das Schattenspiel der Gesten wirft, die mit dem Lichtwurf schwindet. Doch meine Erinnerung ist, seit der Bilderflut vor dem Arbeitsamt, voll von diesen Gängen, sie weisen, in strengen Winkeln, den Weg zu den Studios der *Bodies That Matter*, die, wie ich glaube, heute nicht mehr sind, Raphaël sagt immer, die Studios seien nur zur Zwischenmiete in diesem Gebäude angesiedelt und würden, das ist damals, demnächst vertrieben, in einem Demnächst, das längst Vergangenheit ist, das ganze Gebäude würde, wie Raphaël sagt, bald abgerissen und durch Luxuswohnungen ersetzt werden, in einem Bald, das, wie ich sehe, immer noch ein Bald ist. Hier ist kein Luxus, hier ist nur Zweck, für jene, die, wie ich, nicht aus sich heraus in der Gesellschaft existieren, sondern sich, an den Rand der Gesellschaft gedrängt, an sie klammern, unter dem Stigma der Arbeitslosigkeit oder des

Asyls. Ich bin, damals, stets an den AMS-Kursräumen und Sprachkursräumen vorbeigegangen, hin zu jenem Raum, in dem Toni und ich unsere Gesten geformt haben, in dem wir das geformt haben, was wir waren, bevor wir geworden sind, was wir heute sind. Es ist, damals, ein Privileg, hier zu sein, einen Raum zur Verfügung zu haben, Tag und Nacht, in dem man sich entfalten, in den man sich falten kann, ein unbeschwerter, uns offener Raum, in einer Stadt, in der, wie in allen Städten, selbst Wohnraum knapp wird. Heute gehe ich durch dieselben Gänge und dennoch auf der anderen Seite, als hätte man das Gebäude von Innen nach Außen gestülpt, ich gehe, auf der Rückseite der Gänge, sehr weit von Toni entfernt, vorbei an dem Gang, der zu den Räumen führt, die heute noch, wie ich denke, in anderer Funktion oder funktionslos existieren müssen, und hin zur Treppe, die mich ins zweite Stockwerk und dort zum AMS-Kurs führt. Wir verbringen den Tag in wechselnden Rollen als Arbeitgeber und potentieller Arbeitnehmer im choreographierten Bewerbungsgespräch, die Leiterin greift, *deus ex machina*, behutsam ein, wenn wir uns ins Unvermittelbare verlieren. Es ist, für meine Zeichenfurchung, verlorene Zeit, und das Wissen um diese verlorene Zeit macht mich rasend, als würfe ich mich Sekunde um Sekunde an die Gummiwand des Augenblicks. Ich bin, danach, so erschöpft, dass ich die Hirnflut nicht mehr dämmen kann, ich schaue, ohne den langen Heimweg zu sehen, Lichtbild um Lichtbild geworfen an die Innenseite meiner Stirn: ein langer Gang, mündend ins grüngefärbte Licht, Tonis Körper, der sich auf der Yogamatte dehnt, mein abgezählter Atem. Schultern, die sich, ein Spiegelbild des anderen Körpers, nach links drehen und nach rechts drehen, eine Wölbung des Rückens, ein Heben und Senken des Beins. Füße, die fest über den Boden schreiten, ein Blick, der klar gerichtet ist, Objekte mit scharfen Ecken und Kanten, den Raum zerschneidend. Schauende Augen und Münder, unsere Gesten bewertend, uns ermutigend, in dem, was wir tun. Erschöpfte Körper, die Muskeln gelöst im Sommerlicht. Als ich zu Hause, nach dem Essen mit Toni und nachdem sie sich mit ihrer Serie ins Bett zurückgezogen hat, mein iPhone nehme, um die versäumten Kanji nachzuholen, starre ich nur auf die Zahl der zu übenden Karten, meine Augen schauen immer noch, durch den Bildschirm hindurch, auf das, was, damals, einmal war. Ich schlafe unruhig, dort, nicht hier, mit schlaflosem Auge vor weißer Wand, der Wecker tranchiert mit scharfer Klinge einen Traum, in dem ich starr in einem blanken Zimmer stehe, meine Hände schlagen auf den Boden, wollen zum Meer einen Tunnel graben, prallen ab vom kalten Beton. Lange bleibe ich am Rücken liegen, schaue ins Dunkel, warte auf den inneren Befehl, der meinen Körper aufrichten soll und der, in erschreckender Leichtigkeit, ausgeführt wird, bevor ich ihn höre. Die Meditation lasse ich, der späten Stunde geschuldet, aus, wage es auch nicht, mein iPhone zu berühren, der heutige Tag, denke ich, fällt aus der Zeit, ich werde, bestimmt, zurück in sie finden. Ich setze mich an den Schreibtisch, um wenigstens in meiner Lektüre fortzufahren, öffne jedoch nicht, ich weiß nicht wieso, das Herzsutra, sondern jenes alte Sutra, auf das mich, vorgestern in der Bibliothek, die Prajñāpāramitā-Sutren verwiesen haben und in dem der Buddha zu meditieren lehrt. Das Satipatthāna Sutta, wie ich zuallererst nachschlage, heißt im Japanischen *Nenjokyō* 念処経, das erste Zeichen, *nen* 念, bedeutet Wunsch Gedanke Gefühl Begehren Vorstellung Aufmerksamkeit, ich kenne es aus seiner Verwendung in *nenbutsu* 念仏, Gebet zu Amida, dem Buddha des reinen Lands. Und wieder eine Erinnerung ans Zendō, lichtzerfressen, Silben im langsamen Rezitativ: *mein Körper ist der Körper der Sonne, um mich glüht das reine Land.* Das zweite Zeichen, *jo* 処, bedeutet Anordnen Regeln Verurteilen Erledigen, außerdem Satz Akt Verhalten Ort, ich kann es hier nicht einordnen. *Kyō* 経 bedeutet, in dieser Lesung, Sutra, die Aussprache zu merken war mnemotechnisch nicht schwer: *wo werden die meisten Sutren bewahrt? in den Tempeln von Kyō-to.* Ich durchstreife mit unruhigen Augen den Text, er enthält lange Reflexionen über den Atem, den Körper, den atmenden Körper, den Körper, der sich durch den Raum bewegt, den Körper, der stillsteht, den Körper, der sitzt. Es zeigt, in den Worten des Tathāgata, den einen, den einzigen Weg, das Leben zu reinigen, den einzigen Weg, Leid und Trauer auszulöschen und selbst in die Auslöschung zu treten. Die minutiöse Bestimmung des Sitzens und Atmens erinnert mich, wie alles, an meine Zeit im Zendō, als Atmen und Sitzen mich, zum ersten Mal, im Raum verankerten. Das Nenjokyō jedoch geht weiter, führt, wie ich denke, dorthin, wo Toni mich beinahe hingeführt hat, in eine Durchdenkung und damit Erlösung der kleinsten Geste, in eine Lösung des Körpers im Raum, wie man es, in Vollendung, vielleicht nur in entlegenen Klöstern bei Zenmönchen findet, deren jede Bewegung Ritual ist, oder, mir ferner, bei tibetischen Tantristen, verborgen in der Götterflut des Himālaya. Das Nenjokyō öffnet die Haut, öffnet das Fleisch zum Knochen, und öffnet den Knochen bis hin zu jener Leere, die ihn, von innen, stützt. Es geht hier, immer wieder, um ein Betrachten des Körpers im Körper, um ein Gewahrwerden seiner unerschütterlichen Präsenz. Das Auge im Zeitkristall, Körper, die sich finden im Raum, die, in leichtem Schritt, seine Linien zeichnen. Ein elektrisches Kribbeln schnellt über meine Haut, ich fahre aus dem Sessel, trete zu Toni ans Bett, im von keinem Zazen gezähmten Hirn drängen die Gedanken nach außen, sie reiben so laut an meiner Kopfhaut, dass Toni für einen Moment die Augen öffnet und mich, schlafend, anschaut. Es ist, wie ich sehe, schon spät, der zweite Kurstag am Anna-Altmann-Park beginnt in einer Dreiviertelstunde, ich rase atemlos nach draußen, der Magen knurrend, die Hügel hinter der Friedensbrücke im Nebel, die Straßenbahn so voll, dass ich eingezwängt stehe und schließlich, ein Riss im Sehfeld, ein Sirren der Nerven, am Parlament aussteige, ich schlendere mit frierenden Ohren durch den Volksgarten, vorbei an den blütenlosen Rosenstöcken und den turnenden chinesischen Damen und denke daran, dass Frau Hlaváček mir, auch mir, dank meiner unentschuldigten Abwesenheit vom Kurs, die Mindestsicherung wird streichen lassen, ich weiß nicht, für wie lange. Die Nati onalbibliothek ragt ungerührt empor, nimmt mich auf, als wäre mein Körper nicht den Fugen der Zeit entglitten. Sämtliche Plätze, die mir erträglich erscheinen, sind belegt, ich setze mich neben eine kaugummikauende Studentin mit vor ihr aufgetürmten Medizinatlanten, die, merklich verkühlt, alle paar Minuten den Rotz nach oben in die Nase zieht. Ich arbeite ein paar der seit gestern zur Wiederholung anstehenden Kanji ab, meine Fehlerquote bei sechsundsechzig Prozent, breche, ohne es zu merken, das Lernen ab, stiere auf die Tischplatte, denke an das Gebäude am Anna-Altmann-Park, in dem ich jetzt sein sollte und das ich, wie ich nun denke, vermutlich nie wieder betreten werde, meine Gedanken in unregelmäßigem Rhythmus durchfahren vom Nasenaufziehen der Sitznachbarin, wie eine Hand, die mich aus dem Tiefschlaf reißt. Meinen Laptop habe ich nicht eingepackt, ich gebe den Platz auf und durchquere das Foyer hin zu den Recherchecomputern, lese mich dort erneut, von vorne bis hinten, keine der Wiederholungen scheuend, durch das Nenjokyō, durch all die Beschreibungen eines zerfallenden Körpers und eines wachen, sich selbst zerlegenden Geists, muschelfarben die Knochen. Ich habe den Text, wenn auch flüchtig, schon einmal gelesen, meine Lektüre war, vor damals, vor Toni, einem kurzzeitigen Interesse an der Vipassanā-Meditation geschuldet, ich war, müde von der Kargheit des Zen und seiner Strenge, einigen Tutorials auf YouTube gefolgt, fühlte mich bald geborgen in dieser Praxis aus der Frühzeit des Buddha, wie sie heute, für den, wie es in einem der Videos hieß, modernen Geist, unruhig im Knistern der Reize, mild adaptiert gelehrt wird. Manches davon, wie das Bezeichnen meiner Wahrnehmung, ist mir bis heute geblieben. Heute jedoch, im Flattern des zerrissenen Tages, finde ich, in diesem Urtext des Vipassanā, jene Unerbittlichkeit wieder, der ich, damals, zu entkommen versuchte. Ich war es, von meiner bescheidenen Schulung im Zen, gewohnt, auf den Gedankenfluss zu achten und auf den Atem, der mir, im

Sitzen auf dem Zafu, als die Rückseite meines Denkens erschien, oder vielmehr, zur Welt hin gerichtet, als jene Vorderseite, hinter der sich die Gedanken verbergen. Das Zazen, das Meditieren im Sitzen, habe ich als eine mentale Übung begriffen, die der Körper, durch Schmerz und Anspannung, störte, aus der, im Glücksfall, der Körper verschwand. Toni hat mir, in den Studios am Anna-Altmann-Park, ein anderes Bild des Körpers gezeigt, und heute, wenn ich das Nenjokyō lese, erkenne ich dieses Bild, in schroffer Schraffur, wieder. Selbst das Denkorgan, als sechster Sinn verstanden, der die vorbeirasenden Gedanken wahrnimmt, ist hier körperlich und nur über den Körper zu begreifen. Im Einatmen und Ausatmen, sagt der Buddha, erkennen wir den Körper im Körper, und anstatt zu verschwinden, umschalt der Körper uns grausam. Ich schließe die Augen, lasse das Flimmern des Bildschirms auf die geschlossenen Lider schlagen, zähle den unruhigen Atem, doch ich weiß nicht, wie ich die klumpenden Gedanken benennen soll, eine Schmelze aus Hören 聞 und Fühlen 感 und Sehen 見, ein Lötkolben heiß gedrückt in mein Hirn. Die Sinne, fühlend, gesperrt in den Panzer, ich reiße, erschrocken, die Augen auf, lasse sie im Flimmern zerfließen, schaue, nun schutzlos, die Bilder. Wir treffen uns, damals, sechsmal die Woche, Montag bis Samstag, immer um zehn im Studio, lichtdurchflutet, am Anna-Altmann-Park, proben, nur unterbrochen von der Mittagspause, bis fünf, die Stunden wie Muskelgewebe, von Fasern durchzogen. Lange weiß ich nicht, was wir tun. Toni beginnt mit Yoga, ich sitze, das Gesicht zur Wand, im Halblotus, versuche die Körperanweisungen ihres YouTube-Videos aus dem Denken zu drängen, es gelingt mir nur schlecht. Dann stehen wir uns gegenüber, Toni führt Bewegungen aus, um den Körper, Muskel für Muskel, wie sie sagt, zu aktivieren, ich ein Spiegel, führe, mit leichter Verzögerung, dieselben Bewegungen aus. Nahtlos gehen wir in ein Spiel über, Tonis Bewegungen verlieren die Absicht, werden schneller, abrupter, tierischer, mein Spiegelbild geht mühelos in ihnen auf, das Delay verkürzt sich zur Unmerklichkeit, ein Chorus zweier Körper. Ich sehe uns noch blendend hell vor mir, es sind Stunden, dichtgepresst bis zur Fusion, zur Selbstentzündung. Der Blick aus den Fenstern schlägt weit ins Grün des Anna-Altmann-Parks, der Blick ein Vogel, der singend sein Revier absteckt. In welcher Form soll sich das, was wir hier in Grün und Stille tun, in ein paar Monaten auf eine Bühne fügen? Ich spreche, in unsrer Mittagspause draußen im Park, im Getümmel von Menschen, die zu ihren Sprachkursen oder AMS-Schulungen eilen, meine Zweifel aus. Toni lacht, fährt mir ruppig durchs Haar, als würde sie mich schelten. Wir finden es, sagt sie, heraus. Sie erklärt mir, wir müssten zunächst unsere Gesten formen, bestimmen, wie unsere Körper sich zum Raum und zueinander verhalten. Wir arbeiten, sagt sie, du merkst es vielleicht nicht, hart, wir üben unsere Räumlichkeit ein. Wir sind, sagt Toni, mit allem im Raum verbunden, wir müssen es lernen, die Fäden zu sehen, müssen, um die Fäden zu dehnen und, bis kurz vorm Zerreißen, mit ihnen zu spielen, die Webung des Raumes entdecken, müssen, zuletzt, uns legen ins Gespinst. Nach der Pause widmen wir uns, ebenso spielerisch, der Struktur unseres Stücks. Wir entdecken Muster in unseren Bewegungen, heben sie hervor, lösen die verwirrten Fäden, bilden, Stunde um Stunde und Tag um Tag, jenes Gespinst, mit dem wir uns, wie selbstverständlich, miteinander und in den Raum vernähen. An manchen Tagen kommt Raphaël, der Leiter der *Bodies That Matter*, zu uns, er ist, wie er sagt, *comment on dit?*, unser Coach, schaut, mit geschultem Auge, unserer Gestik zu, der Durchmessung des Raumes, wirft, spärlich und gezielt, Worte ein, die uns helfen, die eigene Struktur zu verstehen. Raphaël ist selbst Tänzer gewesen, er hat, für ein gutes Jahrzehnt, bei den besten Companies auf den größten Bühnen getanzt, bevor er, den Verfall des eigenen Körpervermögens erahnend, begann, sich, wie er sagt, den *jeunes pousses*, dem Nachwuchs zu widmen, das sei nun seine Passion. Er sagt zu mir, er schätze meine Art, mich zu bewegen, sie sei, *excuse my French*, ungelenk, gehemmt, und doch von Zartheit, *un petit peu gay*, ein Lustknabe vor dem Coming-out. Er gibt mir Anweisungen, sieh, bevor du sie vollziehst, deine nächste Geste vor dir, fixiere, mit Klarheit, den Punkt im Raum, zu dem hin du dich fortbewegst, ziehe, von deiner Mitte ausgehend, Linien, durch die Schultern die Nase den Hinterkopf, Linien, die den Raum durchkreuzen. Ich schäme mich vor seinem Blick, wie ich mich, im Gegenzug, nicht in Tonis Augen schäme, doch ich folge den Worten Raphaëls, falte mich, Woche für Woche, ein in den Raum. Ich merke, wie mein Körper sich leichter bewegt, wie er das Geübte in den Muskelfasern speichert, wie er erst, vor Tonis und Raphaëls Augen, zum Körper wird: Materie, zielgerichtet bewegt. Ich spüre, wie die Augenlider sich abreiben, wie die Pupillen, sonst so gequält, sich ganz vom Raum umgeben, der sich weit nach allen Seiten erstreckt, mein Körper ein einziges lidloses Auge, das ungestört schaut. Das Lichtbild zerstrahlt, heute, in der Nationalbibliothek, die Augen zerrieben am Bildschirm, was tun, erblindend, mit einem verlorenen Tag? Aus dem Foyer rufe ich meine Mutter an, der Empfang ist schlecht, es bleibt ihr nur die Zeit, mir zu sagen, dass sie gerade keine Zeit hat, sie rufe mich später zurück. So sitze ich und denke an Toni, was soll ich sonst tun? An wen soll ich denken? Ich habe nie enge Freunde gehabt, aber ich habe, vor Toni, immer eine Handvoll Freunde gehabt, die meinen Alltag und mein Denken umranden. Alle paar Jahre, ich weiß nicht wieso, verformt sich der Freundeskreis, ein zwei Menschen treten in den Hintergrund und ein zwei Menschen treten hinzu, sodass zwar, als abstrakte Masse, der Freundeskreis existiert, seine Zusammensetzung sich aber stetig ändert und keiner seiner Teile beständig bleibt. Seit Tonis Unfall bin ich es, der in den Hintergrund getreten ist, die Selbstverständlichkeit, die Regelmäßigkeit des Umgangs sind verschwunden, man begnügt sich mit gelegentlichen Nachrichten und der Planung von immer wieder aufgeschobenen Treffen, ein Ritual vielleicht des Wunsches sich zu zeigen, was man, früher, füreinander war. Wenn man sich, was selten ist, doch trifft, kann es nur ein Aufholen sein, ein Informationsfluss und kein Teilen der Gesten. So sitze ich, als ich, es ist schon zwei drei Monate her, zum letzten Mal jemanden außer Toni getroffen habe, mit einem, ich sage es so, befreundeten Pärchen im Jelinek, erfahre, dass sie ein Buch veröffentlicht hat, eine populärwissenschaftlich umgearbeitete Fassung ihrer Dissertation, dass er, für eine bezahlte Stelle, an die Kunstuni nach Linz pendelt, und sie hätten kürzlich, als ihr Bruder zu Besuch war, eine spontane Feier zu Hause veranstaltet, es seien alle gekommen, es war, sagt sie, eine wundervolle Nacht. Mich fragen sie nicht viel, in der Angst davor vielleicht, dass nicht viel zu erzählen sei, und im alten Unwissen dessen, was ich eigentlich tue, ich verstecke meinen Alltag, in alter Gewohnheit, hinter einem Lächeln, und immer wieder sagen sie, wie schön es sei, mich zu sehen, es sei eine Schande, dass es nur mehr so selten geschehe. Zum Abschied fragen sie, wie es Toni gehe, geht es ihr besser? Ich sage, es ginge ihr besser, und die beiden sagen, dass das gut sei, sie richten ihr, im Ritual, liebe Grüße aus. Aber wie geht es Toni, woran lässt sich das messen? Ich zähle an den Rissen in der weißen Wand, wie viel ich von ihr weiß. Toni erzählt mir, wir kennen uns da noch nicht lange, wie sie, nachdem sie ihre Arme mit einer Glasscherbe aufgeschnitten hatte und von ihrer Mutter blutend im Bett gefunden worden war, in eine Klinik geliefert wurde und dort ein paar Wochen, sie weiß nicht wie viele, verbrachte. Ihre Mutter, sagt Toni, dachte, sie habe, wie damals Annette, Tonis Schwester, sterben wollen, konnte nicht sehen, dass Toni mit der Scherbe einen Durchgang ins Leben hatte schneiden wollen. Sie erinnert die Klinik, die sie vorm Tod bewahren sollte, als Ort der Ruhe und Langeweile, sie habe lange Spaziergänge im Garten gemacht, sei ab der zweiten Woche täglich durch ein allen Insassen der Klinik bekanntes Zaunloch in den Wald eingestiegen, um dort die Wege zu erkunden. Dass sie nicht, wie die Mutter dachte, suizidal war, hätten die Therapeutinnen schnell erkannt, man sorgte sich nicht um ihr Fernbleiben. Sie habe auch Freundschaften geschlossen, mit einem Insassen, einem Manisch-Depressiven, sei sie, doch das ist damals, noch immer befreundet, man schreibe sich gelegentlich Briefe. Sonst habe sie vor allem, der gedehnten Zeit geschuldet, Erinnerungen an das Licht in den Baumkronen, an die Geräusche der Sneaker im Kies. Das alles war vor Amsterdam und Wien, oben in Nordrhein-Westfalen, als ihre Mutter und sie noch miteinander sprachen. Ihre Mutter habe sie abgeholt und habe, das sei ihr, wie Toni sagt, hoch anzurechnen, nie nach der Zeit in der Klinik gefragt, sie habe nur gefragt, wie es ihr gehe?, und Toni habe gesagt, es geht mir gut, Mama, es geht mir gut. Toni hat nach diesem kurzen Aufenthalt in der Klinik das Stricken gelernt, von ihrer Mutter, die, erschrocken vom Geschehen, Toni, auf ihre Art, helfen wollte, sie hat ihr gezeigt, wie man, im ewigen Rhythmus, mit schwingenden Nadeln Maschen schlägt, hat gesagt, mir hat es immer geholfen. Und Toni sagt, auch ihr habe es immer geholfen, es banne die Finger, die sich sonst bewaffnen und gegen das eigene Fleisch in den Krieg ziehen wollen, es sediere die Gedanken, die, in ihrem eigenen stampfenden Loop, im Kreis laufen, die auszubrechen drohen, mit dem einen Ziel, Toni zu zerstampfen. An unseren Katertagen, damals, nach durchfeierten Wochenenden, sitzt sie oft, postkoital, im Bett, hypnotisiert vom Schlag ihrer Nadeln, und erzählt, während mein Kopf still auf ihrem Oberschenkel liegt, der Blick auf den Schalwulst gerichtet, der über ihrem nackten, intakten Bauch heranwächst. Sie erzählt von ihrem Tanzstudium in Amsterdam, von der langsamen Formung des Körpers und damit des Denkens, der Wahrnehmung, von der unhintergehbaren Präsenz der anderen Körper, mit denen sie, gemeinsam, diese Formung vollzog. Sie erzählt von ihrer Zeit in der Ballettschule in Duisburg, von *Tendus* und *Pliés* und *Dégagés*, von der warmen und fordernden Stimme der Ballettlehrerin, sie erzählt mir auch zum ersten Mal, flüchtig, in kontradiktorischen Sätzen von Annette, jenem Phantasma ihrer Schwester, das unsichtbar all ihre Gesten durchdringt. Annette war, sagt sie, alles und nichts, ein Loch, ins Leben gerissen, in dem sich die Wörter verloren. Im Schweigen der Wörter blieben nur, stumm, die Gesten und die noch unbeschriebene Haut. Toni erzählt von ihrem Körper, der sich, unter dem eigenen prüfenden Auge, Jahr um Jahr der Lustproduktion entzog, der, in Momenten der Nähe, den Kontrollverlust scheute und sich gefühllos in sich zurückzog, der sich, höchstens, dem eigenen Tasten ergab oder einem gleichgültigen Ertasten des anderen, ihr durch und durch fremden Fleisches, eine Pflichtübung, die sich danach in einer Kasteiung des eigenen Fleisches entlud. Erst in Amsterdam, erzählt Toni, jenseits der Welt ihrer Mutter, habe der Körper gelernt, was es bedeute, sich gehen zu lassen, habe, nach Stunden des Übens, Befreiung gefunden an der anderen Haut. In Folge habe sie, in stiller Aushandlung, einen Waffenstillstand geschlossen mit der eigenen Haut, die Grenzen des Körpers, fürs Erste, markiert, habe die kristallene Nacht für sich entdeckt und den Rausch der Clubs, in einem Wechsel aus Zeitlupe und Zeitraffer, in dem die Momente zerfließen. Sie erzählt vom Üben der Gesten vor dem Spiegel, erzählt zuletzt, stockend, dass, wenn sie tanzend sich anschaut, im Ballettstudio in Duisburg, in der Uni in Amsterdam, selbst zu Hause in Wien, eingeschlossen im Bad, auch heute noch?, frage ich, auch heute noch, der Körper Annettes, ihrer

Schwester, sie ausfüllt bis zum Hautrand. Vielleicht kann ich, wenn ich, nun wissend, zurückdenke, Annette schon immer in Tonis Gesten erspähen? Meine Augen lösen sich aus dem Bild, lockern den Fokus, blinzeln in den Zeitstrahl, sie finden den Anfang, oder: sie setzen einen Anfang, ich arbeite, damals, schon bald ein Jahr als Schlussdienst im LOFT, einer Tanz- und Performancebühne im ersten Bezirk, kenne das Haus und seine täglichen Routinen, das Personal aus den Büros grüßt mich höflich, bleibt manchmal stehen, um zu plaudern. Die Menschen aus den Tanzcompanies oder jene, die zu Workshops oder Proben kommen, nehmen mich kaum wahr, ich gehöre für sie zum Mobiliar, bin eine Funktion des Raums, ein Mechanismus der Tür, der sie hinein- und wieder hinauslässt. Man stellt meinen Job nicht infrage, ich sitze und lese, aber nicht, wie ein Student oder eine Studentin lesen würde, eine Person, die auf etwas Zukünftiges hinarbeitet, ich sitze als einer, der liest, als wäre es meine Bestimmung, hier zu sitzen und zu lesen, als hätte ich mich ergeben. Es liegt eine stille Autorität in diesem Lesen, ein Funken von Autorität in diesem Job am unteren Ende der Lohnklasse, daraus geschlagen, dass ich, wenn jemand sich nähert, das Buch nicht, als sei ich ertappt, verschämt zuklappe, sondern weiterlese, bis es unvermeidlich wird, die Aufmerksamkeit hin zur ankommenden Person zu verschieben. So merke ich auch an diesem Abend kaum, dass jemand zu mir an die Rezeption getreten ist, es stehen, das weiß ich, immer wieder Menschen bei mir, um, ohne meine Gegenwart wahrzunehmen, in den Programmbroschüren zu blättern, mein Kopf bleibt versunken, meiner anhaltenden Begeisterung für Zen geschuldet, im

Shōbōgenzō von Dōgen, natürlich, damals, nicht jetzt, allein in deutscher Übersetzung, das Auge noch blind für den feinen Strichwurf der japanischen Zeichen. Doch diese Person steht still wie ein Tier, ich merke, wie sie langsam, aber bestimmt meine Aufmerksamkeit füllt, wie das Auge dem Text entgleitet. Ich schaue auf und sehe Toni vor mir, als eine Vorahnung dessen, was dieser noch namenlose Körper für mich sein wird. Sie entschuldigt sich, meine Lektüre zu stören, sie wolle bloß wissen, wann sie, wenn sie alleine hier probe, spätestens das Haus verlassen müsse, es sei, sagt sie, ein Privileg hier zu sein, sie greife nach jeder Minute. Es ist schon zehn am Abend, ich habe gehofft, um elf zu gehen, sage, bis Mitternacht, bis Mitternacht bin ich da. Sie lächelt, was ich noch nicht weiß, mit Tonis Lächeln, jener Endlosvariation eines Lächelns, ohne Urform, sich immer aufs Neue bestimmend, vielleicht, wie ich heute denke, das Lächeln Annettes umkreisend. Danke, sagt sie, namenlos, und fragt, wie ich heiße? Ich sage, Toni, und Toni lacht, sie heiße auch Toni, was sei das für ein Zufall. Tonis Körper setzt sich, unbemerkt, in Bewegung, sie gleitet am Rezeptionspult vorbei, eine Hand zum Gruß erhoben, die Finger spielerisch bewegt, sagt, bis später, Toni, bevor sie die Studiotüre hinter sich schließt, ich sehe, noch schwebend auf der Netzhaut, zum zweiten und damit, nun differenziert, zum ersten Mal, das tonische Lächeln. Ich gehe zur Teeküche, hole mir, ohne, wie es das Schild höflich und bestimmt verlangt, Geld in die Sammelbox zu schmeißen, einen Nespresso, schaue aus dem Fenster über die Lichter des ersten Bezirks. Dōgen schreibt, im *Shōbōgenzō*, dass alles Sein nichts anderes als Zeit sei, und alle Zeit sei Sein. Ich denke dabei, meinen philosophischen Präferenzen geschuldet, weniger an Heidegger als an Spinoza, an den unzerstörbaren Zeitkristall, in dem die Augenblicke, in diskreter Symmetrie, zeitlos strukturiert sind, in einer, wie ich, doch das ist später, in der Nationalbibliothek bei Dōgen nachschlage, Seinzeit 有時, in der alles ist und war und sein wird, ein Netz ausdehnungsloser Augenblicke aus einer Vergangenheit, die nirgends hingeht, und einer Zukunft, die nirgendwo herkommt, ein Nervenbündel aus reiner Zeit. Alles ist Auge in diesem Bild, lidlos und wach. Es schaut auf den grauen Sandstrand, aufs graue Meer, auf verknäulte Körper im Zwielicht, schaut, geblendet vom Gegenlicht, vom Bühnenrand in die Menge, schaut auf verzerrte Gesten im Blitzen des Stroboskops, schaut, der Atem ruhig, auf eine blanke weiße Wand. Wir sind nicht, wie Dōgen weiß, *in* der Zeit, wir *sind* Zeit, und Zeit ist nichts anderes als jede Fiber unseres Seins. Es ist schon weit nach Mitternacht, als ich mich, wie immer hier und jetzt, in den Räumen des LOFT wiederfinde, Toni ist noch nicht zurückgekehrt, ich gehe zur Studiotüre, klopfe behutsam an, höre keine Antwort. Vorsichtig öffne ich die Tür einen Spalt, strecke den Kopf hinein, sehe, wie Toni, lautlos im stillen, leeren Raum, sich gekrümmt über den Boden tastet, dann aufsteht und abrupt in einer Diagonale den Raum durchkreuzt bis zur Wand, sich wieder zum Boden senkt, die Richtung wechselt, dasselbe Spiel spielt, alles in einer Offenheit, Notwendigkeit, die mir scheinen lässt, dass einzig diese Bewegungen angemessen sind, den Raum zu durchdringen. Toni schaut mich an, der Blick so klar wie jede Geste, sagt, komm herein, mach mit. Ich wehre ab, sage, ich sei kein Tänzer, hätte noch nie gewusst, meinen Körper zu bewegen, vollzöge höchstens, im Club am Dancefloor, mit geschlossenen Augen die vorab einstudierten Mikromoves im Loop. Aber Toni winkt nur ab, sagt, es gehe nicht ums Tanzen, es gehe um Bewegung, und um die Bewegung im Raum. Alles Leben, sagt Toni, sei Bewegung, und jede Bewegung sei immer verräumt, so auch die meine. In meinem Denken, damals? jetzt?, vermischen sich diese Sätze mit den Sätzen Dōgens, zur Ununterscheidbarkeit, zur Raumzeit, die größer ist als ich und mich bestimmt und doch nichts anderes ist als ich, die alles dehnt und kontrahiert, sich faltet, die mein Denken mitreißt als Unterseite dieser Oberfläche des Raums, ich trete in das Studio hinein und folge, zum ersten Mal, Tonis Gesten. Ich vergesse bald die Scham über die Grobheit meiner Bewegungen, vergesse, im Bewegen, die Bewegungen selbst, meine Haut wirft, ein blankpolierter Spiegel, Tonis Gesten zu ihr zurück, ein Spiegel im Spiegel in Tonis Blick, der forsch und urteilslos auf mich schaut. Danach lacht Toni hell und sagt, als ich den Raum versperre, lass uns das wieder tun. Unser zweites gemeinsames gestisches Tasten findet, eine Woche später, nahe dem LOFT in einem weiten Atelier über den Dächern des ersten Bezirks statt, zu dem Valerie, eine Afterhourbekanntschaft Tonis, aus einer mit Erbvermögen bestückten Wiener Künstlerfamilie stammend, einen Schlüssel besitzt, den sie leicht aus der Hand gibt, wie etwas, das man nur schuldhaft besitzt. Toni hat die Kunstwerke, Holzfigurinen und federbestückten Masken im Stil eines politisch unkorrekten Neoprimitivismus, von den geschickten, aber ungelernten Fingern der Tante Valeries geschnitzt, mit den Gesichtern zur Wand gestellt, hat minutiös den mit unauslöschlichen Farb- und Weinflecken übersäten Boden glänzend geschrubbt, hat die Räucherstäbchen und Duftkerzen in einen Karton gepackt und diesen in die Küche verräumt. So stehen wir in diesem gedehnten Raum, der Blick, wenn man sich streckt, bis zum Stephansdom, und wärmen uns, zum ersten Mal, gemeinsam auf, eine Tätigkeit, die ich, in gänzlich anderer Form, zuletzt im verhassten Sportunterricht der Schulzeit vollzogen habe. Ich fühle mich unruhig, gefangen im Fleischgefängnis eines Körpers, der nichts als Funktion ist, schaue fasziniert auf Tonis Körper, der so klar umrissen vor mir steht, der keine Bewegung der Muskeln verschwendet und doch alles, was er zu geben hat, gibt. Während wir, uns aktivierend, den Nacken rollen und die Becken kreisen, erzählt Toni, dass sie sich mit ihrer neuen, noch embryonalen Performance bei den *Bodies That Matter*, den Tanzstudios im zehnten Bezirk, beworben habe, es gebe dort eine halbjährige, vollfinanzierte Residency mit nachfolgender Premiere im WUK, es sei, für alle Performenden, ein Traum. Ihr Projekt heiße, sich an das Vorhaben antastend, *Filaments*, im Gedanken an jene Körperlinien, die den Raum strukturieren. Sie wolle, sagt sie, mich fragen, ob ich, als Performer, nicht mitmachen möge? Toni schaut mich an, ich fühle mich, es ist mir gänzlich neu, hineingeworfen in einen Entscheidungsraum, in dem es keine Zweifel gibt. Ich habe mich, trotz meines Jobs, zuvor kaum für Tanz oder Performance interessiert, ich kann, von meiner Position aus, auch kaum eines der aufgeführten Stücke sehen, konnte nie ihre Sprachen durchdringen. Was ist es im sprachlosen Klang von Tonis Stimme, das mich hineinzieht in einen

Plan, der jenseits meiner Haut liegt? Was ist es an meinem Bewegen, das, obwohl so ungelenk, sie dazu bewegt hat, etwas in mir zu sehen? Es ist diese Frage, die mich heute noch, da ich bewegungslos im Bett liege, umkreist. Damals gibt es kein Zögern, kein Zweifeln. Drei Wochen später bekommt Toni die Zusage für die *Bodies That Matter*, wir sitzen, zum ersten Mal, in ihrem WG-Zimmer auf dem Bett und Toni fragt, wie wir uns, als performendes Duo der *Filaments*, nennen sollen? Mein Laptop aufgeklappt auf den Knien, ich schreibe, *Toni und Toni*, doch Toni beugt sich zu mir, tippt mit dem Finger auf das *und*, sagt, das müsse ich streichen, es dürfe kein störendes Wort im Namen geben, höchstens, sie malt den weichen Schwung in die Luft, ein *et &*, das kaufmännische *und*, immerhin seien wir, sie lächelt mich an, von nun an eine Kooperation, beinah eine Firma. So schreibe ich *Toni & Toni*, und das *et*, das, wie ich weiß, früher tatsächlich ein *et*, ein lautschriftliches lateinisches *und* war, erscheint meinen geritzten Augen heute als Logogramm, als Kanji 漢字, das klar, in einem Blick, sein Stempelwort in mein Gehirn presst, das uns auch, Toni und mich, als Sinnabdruck zusammenpresst, das uns, unlösbar, einformt. Toni lächelt mich an und nickt, als habe sie, soeben erst, dem Namen, unserem Namen, zugestimmt. Sie fragt und schaut mir in die Augen, ob ich es ernst meine? Es sei ein Commitment, wir würden fünf sechs Mal die Woche proben, Woche um Woche, es wäre der Mittelpunkt unseres Tuns. Ich nicke, und zwei Wochen später, im Wissen, dass ich beschäftigt sein werde, und dass uns die Residency über Monate finanzieren wird, kündige ich meinen Job im LOFT. Die Zeit, seit damals, ist weit gedehnt, das Geld der *Bodies That Matter* längst verbraucht, meine Mindestsicherung erhält uns, bis heute, noch beide. Tonis Mindestsicherung ist seit dem Sommer ausgesetzt, Toni wird, ich erinnere es noch klar, wie immer schon eine Woche vor dem Termin beim AMS unruhig und gereizt, ihr Schlaf, der sonst Tag und Nacht so viele Stunden einnimmt, gestört, sie steht um vier Uhr früh auf und beginnt das Bad zu putzen, hört abrupt wieder auf und geht, in der Morgendämmerung, eine Runde spazieren, ich höre im Halbschlaf, wie sie zurückkommt, spüre den Einschlag ihres Körpers in der Matratze, als sie sich zu mir setzt, spüre ihre Hand, die zitternd über meinen Hinterkopf fährt. Sie hat mir schon vor Langem eröffnet, als ihr Bauch noch unversehrt ist und wir in und von den *Filaments* leben, wie sehr das Arbeitsamt für sie ein Albtraumort sei, sie erzählt, wie ihre Mutter, die in den Jahren nach Tonis Geburt und dem Verschwinden des Vaters Sozialhilfe und später Hartz-4 bezog, weinte, wann immer sie von den Amtserniedrigungen nach Hause kam, und wie die Mutter, deren Krankheit damals noch undiagnostiziert war, sich einmal, anstatt aufs Arbeitsamt zu gehen, im Schlafzimmer einsperrte und auf Tonis Klopfen weder antwortete noch öffnete, und wie Toni, nachdem ihre Mutter sich zwar wieder zeigte, das Amt ihr den Bezug dennoch gestrichen hatte, in der Schule Pausenbrot schnorrte, und wie die Mutter, gegen Ende des Monats, sie täglich zum Bruder, Tonis Onkel, brachte, um dort zu essen, und wie der Onkel, mitleidig lächelnd, Toni durchs Haar fuhr und während des Essens still in seinem Buch las. Die Amtsleute wollen, sagt Toni, nur Schlechtes für mich, sie machen mir Angst. Die Tatsache, dass, wie sie sagt, ein so reiches Land wie Deutschland ein dermaßen erbärmliches Sozialsystem hat, bringt Toni wieder und wieder in Rage, schon damals, als wir zur Afterhour im Wohnzimmer sitzen und ihre Wut den anderen, die sich schutzlos ihr öffnen, direkt ins Fleisch fährt. Am Vorabend ihres Termins entdeckt Toni hinter der Waschmaschine einen kleinen schwarzen Fleck am Boden, sie sei, sagt sie, überzeugt, dass unsre Wohnung verschimmle, wir müssen gemeinsam, bis spät in der Nacht, die Waschmaschine reinigen, das Bad bis ins letzte Regal ausräumen, jeden Zentimeter untersuchen. Irgendwann gehe ich schlafen, ich erwache früh am nächsten Morgen vom Geruch des Essigs, mit dem Toni immer noch geduldig die Oberflächen einreibt, ich sage ihr, sie müsse bald losgehen, ihr Termin sei in einer Stunde angesetzt, doch sie weigert sich, sagt, wenn wir den Schimmel atmen, hole uns der Tod. Ich versuche ihr zu sagen, wie wichtig es sei, sage, dass ich bereit sei, sie zu begleiten, dass alles schnell geschafft sei, dass ich, das sei selbstverständlich, ihr den restlichen Tag über helfen würde, die Wohnung zu putzen, doch sie sagt, Toni, ich kann nicht, ich kann nicht hinaus. Ich spüre, wie eine Wut aus meinem Solarplexus bis in die Fingerspitzen drängt, eine Wut, die sich bis zu den Wänden dehnt und von ihnen zurückschnalzt, eine Wut, die von mir zu Toni springt, ich werfe die Essigreinigerflasche um, ziehe mich an und stürme hinaus, verbringe den Tag unter Bäumen im Prater. Als ich abends nach Hause komme, glänzt unsre Wohnung, Toni liegt, eine Serie schauend, im Bett, sie lächelt ihr tonisches Lächeln, als sie mich sieht, sagt, es tue ihr leid, ich lächle mein Lächeln, was immer es ist, sage, es tue mir leid, wir umarmen uns, küssen uns, flüchtig, auf den Mund, am nächsten Tag kaufe ich einen großen Vorrat Pasta, der uns, mit Öl oder geschmolzener Butter übergossen, durch die nächsten Wochen bringen soll. Ich versuche noch zwei drei Mal, Toni, aus dem Stillstand des Lächelns heraus, zu bewegen, sich erneut beim Arbeitsamt zu melden, ihren Bezug, er sei doch verdient, fortzusetzen, aber sie weigert sich stumm, ich sehe in ihren Augen, gespannt in die Zeit, die Furcht ihrer Mutter. Ich lerne Tonis Mutter kennen, kurz bevor sie den Kontakt zur Tochter endgültig abbricht, sie kommt in dunkler Kleidung, mit esoterischen Glücksbringern behangen, einen Rosenkranz zwischen den Fingern, am Hauptbahnhof an, steht abwesend da im Druck von Tonis Umarmung, schaut mich, als Toni auf mich zeigt und sagt, Mama, das ist Toni, glasig an, streckt schließlich, mit einem überraschend firm gehauchten Hallo, die Hand. Sie verbietet es mir, ihren Koffer zu tragen, als ginge es dabei um ihr Leben. In der Straßenbahn erzählt Toni, in fröhlichem Ton, eine Hand an der Schulter der Mutter, von unseren Proben, sie sagt, es sei schade, dass die Mutter es zur Premiere nicht schaffe, vielleicht, falls es doch noch möglich sei, könne sie auch gerne eine Freikarte besorgen. Die Mutter wischt den Gedanken harsch zur Seite, sie nehme im nächsten Monat an einem Seminar teil, das ihre gesamte Kraft, die ohnehin schwände, verlange. Im Seminar, erzählt die Mutter, beschäftige sie sich mit den hermetischen Arkana, sie lerne die Anrufungen der Erzengel, die Methoden, ihre ätherischen Körper in die Welt zu inkarnieren, sie schreibe bereits, in Vorahnung des geheimen Wissens, Engelsgedichte, in denen sie deren himmlische Kraft bündle. Toni fragt, wie viel sie das Seminar koste, und die Mutter sagt abschätzig, Antonia, Schatz, es geht nicht ums Geld. Sie dreht sich zu mir. Weißt du, was war dein Name, Thomas?, weißt du, Thomas, Antonia war noch nie offen für geistige Themen, ihr Geist ist nicht fein genug. Ich wollte immer ein Kind, mit dem ich, wie Mütter und Töchter seit Eva und dem Anbeginn der Zeit, mein tieferes Wissen teilen kann, aber was solls, man kann nicht alles haben. Du bist, hat Antonia gesagt, Philosoph? Ein Wortzerleger, Wortzergeher, wie Satan, euch fehlt der Sinn für das Wahre, das Reine, das Engelhafte, Satan war ein Philosoph, ein Engel, Antonia, hast du das gewusst? Toni sagt, ja, Mama, sie schaut mich an, mit Liebe und Scham in den Augen, als begänne sie gleich zu weinen. Wir fahren zu Toni, um das Gepäck abzuladen, ursprünglich haben wir geplant, von dort in den zweiten Bezirk zu spazieren und gemeinsam abendzuessen, doch die Mutter möchte sich ausruhen, sie geht in Tonis Zimmer und macht die Tür hinter sich zu. Toni und ich sitzen in der WG-Küche und schweigen in den Kaffee, sprechen dann über Belangloses, ich weiß, dass sie bereut, mich mitgenommen zu haben, dass ihre Sehnsucht, ihre, also unsere Welt und die Welt ihrer Mutter zu verbinden, gescheitert ist, dass die Welten aufeinander zurollen und zerbersten, und dabei, ich sehe es in ihrem Blick, im Zittern ihrer Hand, nichts zurücklassen, auf das sich bauen lässt. Als es draußen dunkel wird, hat die Mutter das Zimmer noch immer nicht verlassen, ich sehe in Tonis Blick, dass ich gehen soll, und ich gehe, mich fragend, ob Toni in der Küche sitzen bleibt oder ob sie an ihrer eigenen Tür klopft, mit der Bitte, man möge ihr öffnen. Ein zwei Tage später gehen wir dann doch gemeinsam essen, in einem jüdischen Café nahe dem Karmelitermarkt, Toni und ich bestellen Hummus, Tonis Mutter, skeptisch ob der ihr unbekannten Gerichte, bestellt eine Linsensuppe, sonst nichts, scheint die Frage, ob ihr das denn genüge, gar nicht zu hören, schüttelt erst später, ein Echo des Ungesagten, still ihren Kopf. Du isst zu viel, sagt sie nach dem Essen zu Toni, man sieht es, und Toni zieht ihr mageres Fleisch unter der vernarbten Haut zurück. Sie bleibt still, als ihre Mutter aufblüht und erzählt, dass es schön sei, nun wieder öfter als Yogalehrerin zu arbeiten, dass sie ihren alten Job als Buchhalterin des Duisburger Stadttheaters nicht vermisse, dass die Köpfe der Künstler und Künstlerinnen, die man dort träfe, fest verschlossen seien, nicht offen für die feine Materie, im Yoga hingegen, sagt sie, fänden sich jene, die wissen, dass da mehr ist hinter der Welt. Man solle nicht Kunst machen, sagt sie und schaut uns dabei abwechselnd an, es sei der falsche Weg. Früher, sagt sie, habe sie nicht so gedacht, sie habe Toni in den Ballettkurs geschickt anstatt ins Tai Chi, das sei der Anfang vom Ende gewesen. Was man mit diesem Körper alles hätte machen können, man hätte durchstoßen können in die feinere Welt. Aber vielleicht, sagt sie zu Toni, wirst du es noch verstehen, ich habe es dir zu spät gezeigt, aber jetzt, Toni, zeige ich es dir, du hast noch ein bisschen Zeit, mehr Zeit, wie ich hoffe, als ich. Die Mutter hat eine Träne im Auge, Toni hält ihre Hand, sagt, bist du sicher, Mama, dass du nicht noch essen willst?, ich bestell dir eine Nachspeise, und sie bestellt uns allen ein Malabi, wir löffeln und die Mutter lacht und sagt, das ist gut, es fehlt höchstens Zimt, dann wäre es ein Essen für Engel. Sie hält den Löffel vor die Augen, als wäre er ein Spiegel, beginnt zu murmeln in Wörtern, die sich nur lose aneinanderfügen, in liturgischem Ton, als beschwöre sie ihr eigenes Bild. Ich merke, wie sich ein Spalt auftut in ihrem Denken, merke, wie Tonis Gedanken nach oben drängen zur Oberfläche der Haut, wie sie blitzhaft nach der Hand der Mutter greift, als wolle sie den Fall verhindern. Die Mutter schüttelt den Kopf, verstummt, Toni sagt, komm, wir gehen nach draußen. Ein Nachmittag im Licht des Praters, unter den Attraktionen und unter den Bäumen, sitzend im Gras. Ich sehe die Mutter vor ihrer Abreise nicht mehr, Toni spricht noch Tage später im Studio von ihr, weint, sagt, sie hoffe, es gehe ihr gut. Auch sie hat die Mutter seither nicht wiedergesehen. Nach ihrem Unfall versucht Toni die Mutter tagelang zu erreichen, das Handy ist ausgeschaltet oder auf sonstige Weise vom Netz getrennt, auf die Nachrichten folgt keine Antwort. Es geschieht immer wieder, dass die Mutter unerreichbar ist, doch diesmal meldet sich Tonis Onkel, der Bruder der Mutter, und sagt, die Mutter sei in der Klinik, es gehe ihr derzeit nicht gut, sie wolle auch niemanden sehen. Sie habe sich, erzählt der Onkel, zunehmend zu Hause eingesperrt, mit Kerzen und selbstgemalten Engelsbildern, irgendwann riefen die Nachbarn die Polizei, weil sie nachts gesungen habe und geschrien. Toni bucht für die folgende Woche ein Zugticket, schleppt sich, an meiner Hand, mit schmerzendem Bauch zum Bahnhof, fährt, kaum ein Wort für mich auf den Lippen, davon. Sie hat mir später nie erzählt, was genau in Duisburg geschah, nur, dass die Mutter sie nicht sehen wollte, und dass der Onkel im Haushalt nervös jede ihrer Gesten beobachtete und kommentierte. Die Mutter, doch das ist später, ist nicht mehr in der Klinik, sie wohnt wieder zu Hause, lässt, außer alle zwei drei Wochen ihren Bruder, niemanden zu sich herein. Toni schreibt ihr Briefe, immer zu Monatsbeginn, manchmal, wenn sie es hinausschafft, legt sie ein Foto dazu, das sie im Drogeriemarkt entwickeln lässt. Antwort bekommt sie keine, doch der Bruder schreibt per SMS, drei viermal im Jahr, die Mutter habe heute von Toni erzählt. Damals jedoch, in den Wochen des Erkundens und Übens im Studio am Anna-Altmann-Park, ist die Mutter noch eine ferne Präsenz, und Toni gesteht nur manchmal, dass sie hoffe, die Mutter würde sich entschließen, die Premiere zu besuchen. Als das Datum der Premiere näher rückt, sagt Toni, es sei an der Zeit, den Raum zur imaginierten Bühne zu markieren, und da ich, wie sie richtig bemerkt, kein Bildgefühl und erst ein erwachendes Raumgefühl habe, nehme sie diese Aufgabe auf sich, meine Aufgabe sei es, mich dazu im Raum zu verhalten. Sie verbringt die Vormittage bei Trödlern und, wie sie erzählt, an der Straße zum Schrottplatz, wo sie die herannahenden Transporter anhält und sich die, wie ich denke, unbrauchbarsten Objekte aussucht, die sie, funktionslos, in unser Studio stellt. Es sind Objekte, die den Raum zerteilen, die, wie kollabierte Sterne, Löcher in die Raumstruktur schlagen, die, längst zerstört, mit scharfen Kanten und gebrochenen Spitzen rostig die Haut durchschneiden wollen, ein Angriff auf jeden weichen, lebendigen Organismus. Sie stören mich jedes Mal, wenn ich den zuvor so geliebten Raum betrete, die schirmlosen Lampen, das oxidierte Ölfass, die ausgeweideten Fernsehbildschirme und Mikrowellen, das zersplitterte Fensterglas. Raphaël, als er einmal das Studio betritt, schlägt die Hände über dem Kopf zusammen und sagt, *mes chers*, wenn ihr mir den Tanzboden ruiniert, müssen wir einen neuen legen. Toni streicht Raphaël lachend über die Schulter, wirft sich an ihn, haucht ihm einen Kuss auf die Wange, schiebt ihn aus dem Raum und schließt die Tür, zu mir sagt sie, Toni, du wirst dich dran gewöhnen. Und ich gewöhne mich, über die Tage und Tage hinweg, gewöhne mich, wie man sich an einen Tinnitus gewöhnt, oder an eine Narbe auf Tonis Haut. Mein Körper, der, zunächst, die Objekte gemieden hat, beginnt sich, wie Toni mir angewiesen hat, zu ihnen zu verhalten, eine Haltung zu entwickeln, die nur um die Objekte herum und aus ihnen heraus zu verstehen ist, bis ich mich, irgendwann, als Teil der Objekte verstehe, nicht als ihr physischer Teil, sondern als Teil ihres Wechselspiels, als wären wir voneinander bedingt wie, in den Worten der buddhistischen Schule des Kegon 華厳, das Meer von den Wellen und die Wellen vom Meer. Wie Wellen bewegen sich auch die Objekte von Tag zu Tag unter Tonis prüfender Hand, wogen durch den Raum und richten ihn aus, spülen mich von Seite zu Seite. Es dauert, bis auch wir, Toni und ich, uns wieder zueinander verhalten, bis wir, im kaufmännischen *und* &, uns schleifen und Schleifen bilden um die harten Kanten der, ich nenne sie noch immer so, Objekte. So weben wir geduldig den widerspenstigen Raum. An den Wochenenden nach unseren Proben gehen wir feiern, Toni, damals, von einer wabernden Menschenmasse umgeben, einem fluktuierenden Lichtbild aus Umarmungen und lachenden Mündern, von Gesten, die sich gegenseitig stützen, von Haut an Haut in hedonistischen Posen, von Lebensformen, in denen jeder Schritt ein Tanzschritt ist. Ich stolpere, im Dunkeln, daneben her, merke mir keine Namen, mein Name bleibt, so glaube ich, ebenso unbemerkt, hängt flüchtig in der Luft. Mir ist, meiner innengerichteten, zerdachten Natur zum Trotz, das Feiern nicht fremd, es ist sogar, oder ist es früher gewesen, die einzige soziale Interaktion, die mir leicht von der Hand geht, ich habe nur jahrelang pausiert. Für mich, denke ich damals, ist das Feiern ein namenloses Maskenspiel, die Körper, die Gesichter aufgelöst in Einzelteile, verbinden sich neu im Strom aus Fleisch und Sound. Das Hirn mineralisch durchzogen, ein Flirren unter der Kopfhaut oder eine Granulation des Sehsinns, Explosion oder Implosion des Egos, eine Supernova oder ein Schwarzes Loch, verschmierte Smartphones und blutende Nasen. Ich erinnere mich, wie ich, in meiner Anfangszeit des Philosophiestudiums, als ich, mit meinem gegen mich gerichteten Hirn, dem Institutsleben entkommen will, mit einer flüchtigen Bekanntschaft auf der Clubtoilette stehe, die Tür vom Bass vibrierend, und wir das Speed mit einer zercrushten Pille vermischen, und wie wir, am Dancefloor, als das MDMA die Synapsen erreicht, gleichzeitig das Gleichgewicht verlieren, wir halten uns lachend am Boden fest, lassen uns von den herabgestreckten Händen nicht aufhelfen, halten uns die Hand. Tonis Freunde sind sanfter, sie nehmen das Ecstasy nicht für den Peak, sondern, im Microdosing, für die Aufweichung der Nacht, für ein Flimmern der Haut, lassen sich, schwebend, vom Ketamin tragen. Ihr Terrain ist nicht der Club, sondern das Vorglühen und die Afterhour in privaten Wohnungen, oft gibt es kein Dazwischen. Es ist ein Karneval der Berührungen, ein stetiges Bonding, Grooming der Körper und Egos, ein Feinschleifen des Wir. Toni zieht mich mit leichter Hand in diesen Strom hinein, taucht mich entschieden unter. Es ist auf einer Afterhour, als sie sich zum ersten Mal auf meinen Schoß setzt, ihre Hände in meine Haare legt, mich, noch spielerisch und ohne Begehren, auf den Mund küsst. Meine Aufmerksamkeit flackert, aus einem zeitlosen Spalt meines Denkens, immer wieder zu ihrer elektrischen Hüfthaut zurück, über die meine Finger, wie unbedacht, streichen. Am darauffolgenden Tag, es ist ein Montag, sind unsere Gesten im Studio verlangsamt, die Köpfe in jenem Schweben aus Alkoholkater und Rest-MDMA, der den Blick ins Grün vor den Fenstern ins Glück verschlieren lässt, wir beginnen, inmitten einer Übung, die Hände aneinanderzulegen, uns zu küssen, wir fahren, nach einem verfrühten Ende des Probentages, zu Toni nach Hause, verbringen Haut an Haut die Nacht, schlafen dann, ab den frühen Morgenstunden, lang in den Dienstag hinein. Ihr Zimmer, damals, in einer WG, ist groß und licht und pflanzengesättigt, die Wände bildlos weiß, antike Möbel am Parkett, ein Lattenrost als Bett am Boden. Ich verbringe hier nun, neben dem Studio der *Bodies That Matter*, den Großteil meiner Zeit. Tonis Mitbewohnerinnen studieren an der Angewandten, sie gleiten, fast spurlos, durch unsere Afterhours, verspotten mich, spielerisch, ob meines theorieverkrusteten Denkens, ich führe für sie, das weiß ich, kein lebbares Leben. Die Tür zu Tonis Zimmer, damals, ist selten geschlossen, selbst wenn ich da bin, an diesem Ort überlappen sich die Leben, formen sich im Widerspiel, im Biotop verwandter Lebensformen, das diese Wohngemeinschaft ausmacht. Kein Ort der Harmonie, es wird gestritten, Toni, wenn die Augen schmerzen und die Haut vom Ecstasy und Ketamin verdünnt ist, schreit die anderen, die nicht in ihrem Sinne saubermachen, an, schmeißt einen Plattenkoffer, der im Weg steht, um, danach wird sich, umarmend, versöhnt, das Lachen perlt von den Wänden. Manchmal setzen wir, nach einem guten Tag, die Gestenspiele des Studios bei ihr zu Hause fort, nehmen, mit ausgestreckten Händen, die Herausforderung des anderen, des schuldigeren Raums auf uns, ziehen, mit dem Sog unserer Bewegungen, die Mitbewohnerinnen hinein. Es fällt Toni, dennoch, später nicht schwer, hier auszuziehen, sie sagt, es bliebe ihr, körperlos, nichts übrig, was sich greifen ließe. Die Freunde verschwinden, in ihrem Fall, mit der Wohnung und dem Ende des Feierns, es war, wie sie mir sagt, kein Leben, das sich eins zu eins vollzieht, es war ein Leben in und aus dem Kollektiv. Das Keta und die Teile brauchen wir, über Monate gedehnt, in meiner, jetzt unserer Wohnung gemeinsam auf. Wir sitzen etwa auf dem Bett, hören, damals, noch Musik, scrollen uns durch den Newsfeed, erzählen uns die Kuriositäten, Haut an Haut, dann zeigt Toni fragend auf den Stash am Nachtkastl, ich nicke, wir teilen uns eine Pille mit dem Konterfei Donald Trumps. Glasscherben im Mund, wir spülen sie mit billigem Rotwein herunter, trinken, damals, noch Alkohol. Warten, geduldig, bis das MDMA sich unter die Musik legt, bis der Bass aus den Boxen heraustritt und sich samtig an den Hinterkopf schmiegt, bis die Höhen nach oben steigen und uns kitzeln unter der Stirn. Die geweiteten Pupillen schauen sanft, die Haut, perlend vor

Schweiß, elektrisch, die Finger tasten zittrig, das Denken löst den Zeitkristall, verliert sich im gedehnten Raum. Wenn das MDMA nach Stunden abklingt, konzentrieren sich unsere Berührungen, legt eine Hand sich auf Tonis Brust, eine Hand sich auf meinen Rücken, ziehen wir uns langsam aus und verstauen die glühenden Körper im Schüttelfrost unterm Deckenberg. Wir schlafen abwesend miteinander, die Gedanken driften, in der Ekstase, in eine Spalte des Seins, kein Höhepunkt, stattdessen ein Driften von der Berührung in den Schlaf. Wir erwachen, einige Stunden später, in kaltem Schweiß, die Haut durchsichtig, die Nerven im Kurzschluss, zittern, halten uns fester im Arm, Tonis Haut riecht nach korrodiertem Eisen. An manchen Tagen greift Toni nun erneut nach dem Stash, crusht, mit ihrer eCard, Kristalle, neigt den Kopf, drückt mir das Röhrchen in die Hand. Wir sitzen wartend nebeneinander, bis die Zeit zerbröselt, bis wir, mit klammen Fingern, die Fäden aus dem Gespinst des Raumes ziehen, der Raum, richtungslos, in sich zusammenfällt, der Weg zum Bad sich ausdehnt zu einem weiten Korridor, fensterlos und lichtdurchflutet, bis sich, die Line war an diesem Tag besonders groß, Tonis Gesicht nach innen stülpt und sich zur Katzenmaske formt. An manchen Tagen, wenn die Luft stärker von außen gegen die Fenster drückt, lassen wir das MDMA aus, verlieren uns gleich im Zeitkristall des Ketamins. Unser Sex auf Keta ist härter, gezielter, Toni blendet, ich sehe es in ihrem glasigen Blick, den Schmerz ihres Unfalls aus, wir liegen zuletzt nebeneinander wie weichgeklopftes Fleisch, zwei funktionslose Körper, die nichts als Nervenbündel sind. Die Pillen gehen uns zuerst aus, das Keta hält noch, mäßig und mit langen Pausen konsumiert, Wochen über Wochen an. Als nichts mehr übrig ist, fragt niemand von uns, ob wir etwas besorgen sollen, ich habe, denke ich, ohnehin seit Langem keinen Kontakt zu meiner Dealerin mehr gehabt, und ich glaube nicht, dass Toni jemals eine Dealerin hatte, die Drogen materialisierten sich für sie durch ihren Freundeskreis und lösten sich mit diesem wieder auf. Es bleibt nur, tief unter den Schläfen, jener Endloskater des MDMA, der sich niemals gänzlich auflöst, der, vielleicht, schon vor der allerersten, zittrig im Club geteilten Pille da war. Ich lege an einer dieser serotoninverdarbten Nächte meine Hand auf Tonis Unterarm, verbinde die Nerven, vermisse das gewohnte Knistern und Kribbeln der Haut, folge den Linien. Die meisten der Narben, die Tonis Haut überziehen, sind fein wie mit einer Feder gezogen, dünne Risse im Porzellan, mit Gold ausgefüllt, eine Teeschale, das kostbarste Objekt eines Meisters des Sadō 茶道, Spuren der Zeit. Sie bilden, natürlich, Zeichen, eine Schrift, wie ich immer dachte, aus der Vergangenheit, heute für alle, außer für Toni, unlesbar. Sie erzählen, damals, von dem, was Toni war, eine Iliade ihrer Kindheit und Jugend, eine Saga all dessen, was ihr geschehen ist, oder, wie ich denke, von ihren früheren Leben, ihre Haut eine Sammlung privater Jātaka, ein Vorleben, vielleicht, pro Schnitt. Erst nach ihrem Unfall beginnt Toni erneut in ihre Haut zu schreiben, mit einer Vehemenz und Selbstverständlichkeit, als sei das sprachlose Jahrzehnt nur eine Schreibblockade gewesen, und sie erzählt nun, anstatt von vorigen Leben, von unserem Leben, überschreibt und verwandelt die Zeichen, schreibt unsere Zeit in ihre Vergangenheit ein. Wenn ich Toni anschaue, festhalte, mit dem Finger sanft über ihre Zeichen streiche, fallen mir Erinnerungen schmerzhaft hinter die Augen, ich sehe, jetzt, da ich ins Bett gezwungen liege, im Angesicht der weißen Wand Bilder, die, wie ich glaube, nie so passiert sind. Da ist, klar umrissen zu sehen, jener Tag, als ich nach Hause komme und Toni sich, mit dem Deckel der Ananasdose, den Arm vom Schultergelenk bis zum Ellenbogen aufgeschlitzt hat, wir stillen die Blutung mit einem Handtuch. Da ist, später, jener Tag, als ich in die Küche komme und sie das Tomatenmesser soeben am Unterarm angesetzt hat, ich versuche, einzugreifen, sie zu führen, ihr das Messer aus der Hand zu ringen, die Klinge gleitet in meinen Daumen, mein Blut zerfließt mit ihrem Blut, Tonis Tränen der Wut weichen den Tränen der Verzweiflung, sie sagt, kaum hörbar, es tut mir leid es tut mir leid es tut mir leid. Es gibt, noch unwahrscheinlicher, den Tag, als der Schnitt am Oberschenkel so tief ist, dass ich mit ihr, im Taxi, zur Notaufnahme fahre, ihr Blut rinnt auf das schwarze Leder der Sitzgarnitur, die Hoffnung, der Fahrer möge es, solange wir in seiner Nähe sind, nicht bemerken, erfüllt sich. Und zuallererst ist da, fast unsichtbar, deshalb vielleicht wahr, jener Tag, als ich, es ist nicht lange nach ihrem Unfall, nicht lange nach der Absage von *Les gestes subversifs*, im Splitterregen zerbrochener Zeit, nach Hause komme, von, ich weiß es noch genau, einem Tag des Umherwanderns durch mir unbekannte Straßen, einer Neuerschließung geheimnisvoller Zonen der Stadt, wie es mir oft widerfährt in Zwischenzeiten von Licht zu Licht, eine Brise im Auge, ein Sturm im Gehirn. Ich habe, Stunden zuvor, die Wohnung kraftlos, durch zähe Masse watend, verlassen, ich kehre mit ausgeputzter Stirn zurück, Toni antwortet, ich bin es, damals, noch nicht gewohnt, nicht auf meinen Gruß. Ich finde sie am Küchentisch sitzend, mit stumpfem Blick ins Weiß der Wand, wie heute ich, mit stumpfem Blick, in dieser bildlosen Zeit, neben sich die Käsereibe, aufgeschabt der Unterarm, ich lege meinen Arm um sie, versuche das Bild zu deuten, sie aus dem Bild zu lösen, mit meinem Mund an ihrer Stirn das Geschehene aus ihrem Mund zu pressen, doch sie bleibt noch lange stumm. Wenn ich später und von da an Toni frage, warum sie sich verletzt, sagt sie immer, in Variation, das Gleiche, was sie an diesem, für mich ersten, für sie erneuten, rückfälligen Tag gesagt hat, eine Verdunkelung meines Weltbilds, eine Klärung des ihren. Sie sagt, dass sie, in diesen Momenten, aus der Welt verschwinde, oder dass die Welt sich von ihr zurückziehe, sich vor ihren Augen immer weiter in sich entferne, sie alleine lasse mit Worten, die anschwellen in ihr, bis diese Worte, ein rasend müder Weltersatz, alles ausfüllten, und Welt und Toni verschwänden. Es gebe dann, sagt Toni, nur diese Haut, die nicht mehr Grenze sei, sondern, könnte man sagen, ein erschreckendes Wort, das All. Es gelte, und das sei unerlässlich, das All zu spalten, die Grenze zu bestimmen, sie durch ihre Überschreitung nachzuziehen, sie mit der Klinge aufzuzeigen. Es sei kein Schmerz in diesem Setzen, die Nerven samten opiatgetränkt. Im Anblick des Blutes trenne sich wieder Welt von Wort, implodiere das Selbst zum, wie es sich gehört, ausdehnungslosen Punkt. Es sei, wie alles, eine Frage des Raums, eine Frage der Verortung des Körpers im Raum. Erst später kämen Scham und Schmerz, zunächst sei nur, als dunkler Ton des Worts, als Mantra 真言, wie ich, in anderen

Zeichen, denke, der Raum. Wenn dein Körper, fragt sie, unbeweglich ist, woher weißt du, dass er Körper ist? Er müsse es, Atemzug um Atemzug, beweisen, oder, stattdessen, Schnitt um Schnitt. Als wäre die Haut vernäht in den Raum, so löse man langsam die Fäden, lasse die Wunden, schmatzend, sich öffnen, das Eine ins Andere strömen, und so das Eine zum Anderen werden und das Andere zum Einen. Später, sagt Toni, wenn sie auf die Spur dieser Öffnung schaue, finde sie ihre Koordinaten im Raum. Ein Körper könne sich alles nehmen außer seine Grenzen. Sie habe den Körper einmal, als Teenager, zwischen zwei Zeiten des Schneidens, auszuhungern versucht, ihn auszudünnen, bis er sich löst im Raum, ein Zuckerstück im Wasserglas. Aber das habe alles, ich wisse, was sie mit *alles* meine, nur schlimmer gemacht, sie wollte nie verschwinden, sie wollte sich definieren, sich einzeichnen in die Welt mit klarer Kontur. Im Tanzen habe sie eine Weise gefunden, den Körper unversehrt zu verräumen. Die Verletzungen seien, im Fortschreiten der Ausbildung, zurückgegangen, sie habe, sagt sie, den Mängeln der eigenen Körperlichkeit gegenüber eine sanfte und strenge Geduld entwickelt, die der Geduld ihrer Lehrenden glich. Ihre Vergangenheit des Kriegszugs gegen den eigenen Körper sei jedoch damals, als es darum ging, die Tanzkarriere in Companies voranzutreiben, hinderlich gewesen, man habe, verschämt, ihren zerschnittenen Körper betrachtet und ihn für ungenügend erachtet, er sei, sagte man, zu expressiv, ein Urteil, das, für einige Wochen, den Waffenstillstand brach. Sie habe immer, sagt Toni, zu den radikalsten Produktionen gewollt, zu jenen brachialen Körpern, die sich auf der Bühne zerlegen und in roher Schönheit neu vernähen. Stattdessen habe sie begonnen, alleine zu arbeiten, habe begonnen, ihre Gesten zu komponieren und in ihrer eigenen Tanzschrift zu schreiben, im klaren, resoluten Linienschwung, der sie, für offene Augen, lesbar macht. Ihre eigenen Augen sind dabei immer, anders als meine, nach außen gerichtet, so auch bei unseren Proben am Anna-Altmann-Park. Die Räumlichkeiten der *Bodies That Matter* bestehen, neben der Küche und dem schmalen Büro, aus drei aneinandergrenzenden Studios, wir bespielen das mittlere, sodass wir, akustisch durch die dünnen Wände des Neubaus, stets eingebunden sind ins umliegende Geschehen. Wir sind die einzigen, die den Luxus einer öffentlich geförderten halbjährigen Residency genießen, die anderen bekommen ihre Studios, meist kostenlos, wochen- oder höchstens monatsweise zur Verfügung gestellt, und so verwandelt sich stetig, im Pulsschlag der Körper, der uns einbettende, uns tragende Sound. Die Begegnungen mit den anderen sind selten, ich meide den Flur, wenn ich dort Schritte vernehme, gehe nur höflich grüßend an der Küche vorbei, meine Gedanken bereits gezogen in den Heimweg. Toni spricht, wie ich merke, öfter mit den anderen Probenden, doch sie erzählt mir selten davon, die anderen erscheinen, in ihren Augen, zumeist als Begegnungen ohne Konsequenz. Ich bin an diesem Tag alleine im Studio, warte auf Toni, die noch, wie sie mir geschrieben hat, auf Materialsuche für die Requisite die Trödelläden durchstreift, ich wärme mich auf, aktiviere mich, versuche, Tonis gewöhnlichen Bewegungslauf zu erinnern, finde, im Spiegel meiner Gedanken, nur ein Zerrbild. Allein merke ich, wie sehr mir die Beherrschung einer Kunst fehlt, einer Kunstfertigkeit, die meine Gesten, mein Denken durchzieht und Gesten und Denken verbindet, eine endlos sich in die Zukunft erstreckende Tätigkeit des Übens, die ich immer vollziehen könnte, wenn sonst nichts geschieht. Ich setze mich, als Ersatzhandlung, aufs Zafu, falte mich ein, richte den unsteten Blick auf die Wand, zähle den Atem. Der Kopf ist unruhig, gedankenbeschlagen, ich erinnere mich an den Tag, als ich im LOFT kündige und meine Chefin, nachdem ich auf die Frage, ob ich eine neue Stelle antreten wolle?, geantwortet habe, ich performe jetzt selbst, den Kopf schüttelt und mit einem spöttischen Lächeln sagt, sie wünsche mir viel Glück, ich erinnere mich, wie Toni, wir haben uns, damals, noch nicht lange füreinander geöffnet, sich morgens, nach dem Aufwachen, sprachlos an mich drängt, wie ihr Blick zerbricht unter meiner Berührung, ich erinnere mich an die Worte, die sie später beim Frühstück zu mir sagt und die ich mir aufheben werde für einen Augenblick, an dem ich sie brauche. Ich habe mich so weit entfernt aus meiner Umgebung, dass ich die Geräusche nicht sofort bemerke, dass sie, langsam und unerbittlich, erst an die Oberfläche meines Denkens 想 stoßen müssen, wo sie, mich ins Hören 聞 drängend, das Sehen 見 und Fühlen 感 zerreißen. Es ist ein Kreissägensound, in der Tonhöhe moduliert, stockend und stolpernd, ein Sound, der, sobald er die Aufmerksamkeit an sich gerissen hat, nicht loslässt, der die Aufmerksamkeit an sich presst und den Druck, Sekunde um Sekunde, verstärkt bis zum Zerplatzen. Ich breche, ohne den Impuls der Entscheidung zu bemerken, die Meditation ab, denke, selbst überrascht von meiner Bewegung und im Wunsch, sie zu rechtfertigen, ich sei ohnehin längst im Tagtraum versunken gewesen, verlasse, weiter im Machtgriff meiner Impulse, das Studio und klopfe an die Nebentür. Niemand antwortet, und so öffne ich, langsam, die Tür, strecke den Kopf über die Schwelle, sehe, wie, in der Mitte des Raumes, umgeben von Lautsprechern und altmodischen Tonbandgeräten, der gekrümmte Leib eines in bunte Seidentücher geschlagenen Wesens sich windet von Apparatur zu Apparatur und, mit geschickten Fingern, an Knöpfen dreht, auf sie schlägt, den knochenschleifenden Klängen befehlend. Das Wesen schaut, mit stechendem Blick, erst auf, als ich in den Kreis der Lautsprecher trete, hält sich erschrocken eine Hand aufs Herz, befiehlt, mit einem Zucken der Finger, den Klängen zu verstummen. Sorry, sagt es, ich habe dich nicht gehört. Meine Ohren gendern, dem Klang seiner Stimme folgend, das Wesen zur Frau, etwas älter als ich, wie meine Augen, dem Faltenschlag ihrer Augen folgend, mir sagen, sie streckt ihre Hand altmodisch zur Begrüßung, sagt, ein Kribbeln der Haut, Madeleine. Ich sage, Toni, und weiß, in diesem Moment, dass Toni Madeleine mögen wird, verwerfe die Frage, ob mich ihr Sound gestört habe?, mit einem Wink meiner Hand, sie zeigt mir, ungefragt, die komplexe Verkabelung ihrer Apparatur, ich lasse sie schüchtern im bald wieder anschwellenden Noisebad zurück. Später, als Toni ins Studio kommt, schicke ich sie hinüber, um ebenso an der Tür zu klopfen, sie kehrt lange nicht zurück, ich höre, während ich, aus Mangel an Tätigkeit, erneut am Zafu sitzend die Wand anstarre, durch die Wand hindurch ihre Stimmen sich unermüdlich verflechten zu *einer* Stimme, klanglich gespiegelt im Sing- und Antwortspiel der Vögel draußen vor dem

Fenster im Anna-Altmann-Park. Madeleine, erzählt mir Toni später, sei nur für eine Woche bei den *Bodies That Matter*, Raphaël habe ihr, sie kenne ihn noch von früher aus Frankreich, als sie, selbst noch blutjung, für seine damalige Company das Sounddesign gemacht habe, das Studio kostenlos zur Verfügung gestellt, sie habe sich, in den letzten Jahren, in ihrem klanglichen Schaffen zunehmend radikalisiert und damit auch, wie sie zugibt, isoliert, sie arbeite nun, anstatt für Tanzproduktionen, nur noch für sich allein. In der nächsten Woche, nach Ablauf ihres eigenen Aufenthalts, zieht Madeleine zu uns ins Studio, sie verlötet ihre Apparaturen mit Tonis hautzerschneidenden Objekten, hüllt sie, jede für sich, in eine dunkle aufblitzende Wolke aus Sound, einen Hagelsturm aus Eisenspänen, der mich Wege im Raum suchen lässt, um meinen weichen Leib zu schützen. Toni und Madeleine werden auch außerhalb des Studios unzertrennlich, sie ziehen, gemeinsam oder gemeinsam mit mir, im Zeitraum zwischen unserem Proben und unserem veranschlagten Auftritt, durch die Nächte und durch jene Tage, die auf die Nächte folgen. Hannah, Madeleines Freundin, erst Anfang zwanzig, sitzt oft, wenn Toni und Madeleine, die Hand der einen in den Haaren der anderen, am Sofa der Afterhour bonden, bei mir und erzählt mit schwarzgeschminkten Lippen und geweiteten Pupillen von ihrer Bewerbung an der Angewandten, von Partys jenseits der Donau, von Gedichten verborgen auf dem Hard Drive ihres MacBook Air. Ihre Hand liegt dabei offen auf ihrem Knie, ein Nagetier, das Tageslicht scheuend, kaum Fleisch zwischen Knochen und Haut. Sie erzählt, dass Madeleine und sie, in der Woche, nachdem sie sich kennengelernt hatten, nach Triest gefahren seien, sie hätten in der Bucht von Duino im Auto übernachtet und seien am Morgen zu Rilkes Schloss spaziert. Madeleine, sagt Hannah, liebe Italien, nur dort könne sie atmen, man wolle in diesem Jahr gemeinsam nach Venedig zur Biennale, vielleicht führen Toni und ich ja mit? Madeleine, so Hannah, denke daran, sie habe es bereits erwähnt. Ich schaue hinüber zu Toni, ihr Kopf an Madeleines Schulter gelegt, der Blick, vom Keta gelöst, nach oben gerichtet, und weiß, dass diese Entscheidung nicht bei mir liegt, dass sie, wie ich denke, längst gefallen ist. Toni sieht meinen Blick, lächelt mir zu, sie hebt ihr Android und erstellt eine Story, in der ich, vermutlich, Statist bin. Tonis Feed ist, damals, ein Teil ihrer Gestik, er trägt ihr Tun hinaus aus der Haut, durchdenkt es, destilliert es, reibt es, mit sicherem Finger, ein in die Welt. Sie realisiere sich, sagt Toni, wenn sie am Android sitzt und ihre Stories gestaltet, verforme die von vielen Händen vorgeformte Welt, beweise im Formen, dass es sie beide, die Welt und Toni, tatsächlich gibt. Ich scrolle, damals, oft mit meinem Account, der, gestaltlos, nichts als Auge ist, durch ihre Posts, androgyne Posen vor Spiegeln, abstrakte Körperdetails, umringt von vergoldeten Gestalten, die Nacht an sich reißend, Glitzersekt in der Hand. Ich füge mich nur schlecht in den Bilderstrom, bleibe ein Dornenwuchs in diesem Barockgarten aus Posen und gestellter Szenerie. Madeleine und Hannah hingegen zeichnen sich mühelos ein. Sie sind es auch, die in der Story, als Toni die Premiere der *Filaments* ankündigt, sich zwischen den Objekten im Studioraum inszenieren. Eine Woche vor unserem Auftritt ziehen wir schließlich, mit Madeleine an Tonis Seite und oft Hannah am

Rand des Geschehens, zum Proben ins WUK um, unsere Gesten nun hineingespannt in einen Bühnenraum, in ein Geflecht aus Leere und helfenden Händen, Händen, die, oft widerwillig und doch geschickt, unseren Worten folgen, und einer Leere, die es zu füllen gilt. Nichts wird sein in diesem Raum, das wir nicht in ihn stellen, nichts, wie Toni sagt, in unseren Gesten, das nicht bereits im Raum war. Ich denke an meine buddhistische Lektüre, an Nāgārjuna, an, wie ich, nicht damals, jetzt, mit geätzten Augen sagen würde, den Begriff der Leere 空, die alles durchdringt. Mir zittern dennoch bereits die Hände unter den Blicken, die das Gestellte prüfen werden, die prüfen werden, ob wir der Leere genügen. So fügen wir uns, während um uns Kabel verlegt und Lichter montiert werden, in die Falten des Raums, wir folgen seinen verschlungenen Linien, beobachten, mit den Nervenenden unserer Haut, die Gesten des anderen, als sei es, so unsicher, damals vor Monaten, der erste Tag im Studio, als sei die Zeit seit damals verdampft. Toni erklärt, nichts sei verloren, wir hätten im Studio nicht geprobt, wir hätten unsere Körper geübt, wir hätten uns vorbereitet auf den einen gedehnten Moment, der nun kommt, die vergangenen Gesten, die uns gelungen sind, nun aufs Kleinste zusammengepresst, aufgelöst in der Zeit. Wir freunden uns mit Ramón, dem Lichttechniker, an, sein Auge für alles geschärft, er sieht, wie jede Bewegung den Raum verzerrt wie ein Himmelskörper die Raumzeit. Früher, erzählt Ramón, sei er selbst Tänzer gewesen, er habe in Wien auf den großen Bühnen Ballett getanzt, habe, für die Anmut der Perfektion, seinen Körper geschunden, sich blutiges Fleisch in die Schuhe gesteckt, sich vor jedem

Auftritt in der Umkleide übergeben. Er habe sich harsch von den anderen Tänzern kritisieren lassen, habe sich anschreien lassen vom Leiter der Company, im Wissen, dass das, was er gibt, alles ist, dass sein Körper jeden Abend die Bühne betritt wie ein williges Opferlamm den Altar. Meine Haut, sagt Ramón, wurde durchsichtig, mein Fleisch wurde zum Licht. So sei er, Abend für Abend, in die Dunkelheit des Bühnenraums zerstrahlt und habe sich erst, ein Gefühl, als hätte jemand an seinem Hirn gerissen, im Applaus zurück ins Sein gefunden. Er sei dreißig gewesen, als sein Körper zu leuchten aufhörte, er habe, die Entscheidung sei schnell gefallen, sich vom Tanzen gelöst, habe sich vom Lichtdesigner der Company das fleischlose Licht der Bühne zeigen lassen, sei unermüdlich in den Nächten am Technikpult gestanden und habe sein jetziges Handwerk geübt. Ich helfe, sagt er zu mir, die Haut um die Augen gefaltet, den Körpern zu strahlen. Ich fühle mich Ramón gegenüber wie rohes Fleisch, von Haut umzogen, ein Beutetier kurz vor dem Klauengriff. Meine Bewegungen verglasen im Weißlicht, brechen an den Lichtgrenzen des Raums, splittern ins Dunkel. Toni schaut mich sorgend an, sieht den Rückschritt, spricht, eine Hand an seinem Arm, mit Ramón, er legt uns die Bühne in warmes diffuses Licht, lässt uns allein. Komm, sagt Toni, und ich komme zu ihr. Sie umarmt mich fest mit ihrem ganzen Leib, als würde sie mich einschnüren, eng einfalten in ein Spanntuch, als würde der Raum sich zusammenziehen zu diesem einen Körper Tonis und darin, mit unscharfen Grenzen, mein Körper gehüllt. Lange stehen wir so da, bis ich spüre, dass der Druck, so gleichmäßig verteilt, sich konzentriert, zu Klumpen gerinnt, sich Löcher in der Hülle bilden, durch die das Raumlicht strömen kann. Toni löst sich von mir, gleitet aus dem Sichtfeld, hinter mich, presst mir fest mit geübten Händen die Rückenmuskeln, knetet den Lehm zur Statue. Ich stehe fest versockelt da, der Blick, in klarer, gerader Linie, durchmisst den Raum, die Arme in senkrechter Linie zum Boden gerichtet, offen die Stirn, ich spüre die Weite, die sich zu allen Seiten um mich erstreckt. Ich merke es kaum, als Tonis Berührungen sich lösen, nun steht sie vor mir, die Hände in den Hüften, die Arme zur Seite gespreizt, und schaut mich an, sie beginnt zu wippen, den Rumpf zu kreisen, mit den Füßen vorsichtig die Umgebung zu ertasten. Mein Körper steigt vom Sockel, folgt minutiös der Bewegung, ein Spiegelbild, ein Abbild des Urbilds, eine Ikone, die Oberfläche staubfrei, ein Himmelsbild des Himmelsbilds. Meiner Aufmerksamkeit, die ungehemmt den Raum durchquert, entgeht nicht, dass Licht den Raum durchdringt und unbarmherzig auf die Netzhaut trifft, ich sehe, am Rand des Sichtfelds, Madeleine und Hannah von der Tribüne aus zuschauen, sehe Ramón wieder am Pult stehen, registriere, ungerührt, ihre Präsenz, lasse den Fokus nicht von Toni, nicht von meinem Körper schweifen. Später, in der Umkleide, setzt sich Toni auf meinen Schoß, meine Hand gleitet unter ihr Hemd auf ihre Haut, zwei erschöpfte, lebendige Körper, einander restlos zugewandt wie am Ende einer Alpenüberquerung. Von nun an erscheint mir der Bühnenraum vertrauter als das Studio, vertrauter noch als mein Zimmer, in dem ich heute mit Toni lebe und das wir doch nie mit derselben Klarheit betreten haben wie damals die Bühne des WUK. Die Vertrautheit festigt sich, als Toni unermüdlich beginnt, die Struktur des Raumes zu transformieren, sie setzt mit dem Gerümpel, das mir im Studio stets noch als Fremdkörper erschien, Akzente, die sich nicht mehr vom Setting abziehen lassen, die unerlässlich werden für unsere Orientierung im Raum. Madeleines Sound schneidet, verstärkt von den Boxentürmen und Subwoofern, die Haut. Alles legt sich, sagt Toni, dorthin, wo es liegen muss. Der Tag der Generalprobe treibt mich, ich denke an meine Universitätslektüre Benjamins, rückwärts in die Zeit hinein, mit Engelsblick auf ein Geschehen, das sich gewaltsam vor mir auftürmt. Die Zeit auf der Bühne gleicht der Zeit der Meditation im Zendō, der Zeit im Bett mit Toni, kristallgelöst, nach unseren durchfeierten Nächten, der Zeit erfahrener Gewalt, vielleicht, im Sinne Dōgens, der Zeit der Zeit, der Seinzeit 有時. Es gibt ein Vorher des Geschehens, ein Wissen um das, was kommen wird oder kommen mag, ein Scheuen auch dessen, was man tun muss oder was einem getan werden wird, der Gummi der Zeit bis zum Zerreißen gedehnt. Es gibt ein Nachher des Geschehens, ein Wissen darum, dass etwas geschehen ist, ein vorsichtiges Tasten nach dem Schmerz. Was dazwischen geschieht, entzieht sich dem Griff. Der Wunsch nach einem Leben im Jetzt, das doch, wie Dōgen weiß, verschwindet, wenn es nicht alles enthält, was war und was sein wird, ist, wie ich denke, die gröbste Verzerrung der Lehre des Buddha. Löst man den Umschlagpunkt des Jetzt aus dem, was man hofft, und dem, was man, zerdenkend, erinnert, bleibt einem nur das größte Grauen, der Wahnsinn dessen, was ist, und sonst nichts, ein Jetzt ohne ein Damals. Ich klammere mich also, es geht um mein Leben, am

Damals fest. Wir stehen am Vorderrand der Bühne, meine Finger der linken Hand mit den Fingern von Tonis rechter Hand verschränkt, gebadet im Weißlicht Ramóns, und verbeugen uns in den Applaus, im Wissen, dass wir das, was wir so lange geplant haben, vollendet haben, dass etwas vollzogen ist, sich etwas geformt hat, das nun für immer liegt in unserer verschwitzten, verschmolzenen Hand. Noch wiegt es leicht, noch haftet an ihm nichts von dem, was kommen wird. Wir stehen danach an der Bar des WUK, die Worte perlen von den Lippen, zerplatzen in der Luft. Madeleine stellt uns Shots auf den Tresen, küsst Hannah und Toni auf den Mund, neigt vor mir lächelnd den Kopf. Es tritt, in unauffälliger Streetwear gekleidet, eine Frau zu uns, sie stellt sich, mit französischem Akzent, vor, sie heiße Océane und kuratiere in Genf das Festival *Les gestes subversifs*, Raphaël habe sie zur Generalprobe geladen, er sei, aus seiner aktiven Tanzzeit, ein alter Freund von ihr. Was sie von uns, wie sie sagt, wahrgenommen habe, gefalle ihr sehr, sie schätze die Konzentration in jeder Bewegung, die Konstruktion des Geschehens aus einer inneren Logik und nicht, wie so oft, aus einer von außen erdachten Dramaturgie. Sie wolle uns, wenn uns das freue, sehr gerne fürs nächste Jahr nach Genf einladen, wir wären, da sei sie sich sicher, eine Bereicherung für das Programm. Ich sehe den Glanz in Tonis Augen, spüre, elektrisch durch ihre Haut, wie sie sich, im Kommandieren des Körpers gewohnt, zurückhält, sie neigt nur, fast unmerklich, den Kopf und sagt, es würde uns freuen. Océane gibt uns, mit einem Lächeln, ihren Kontakt, gratuliert uns noch einmal zur gelungenen Generalprobe, entlässt uns in das Rauschen der Glückwünsche und in die Arme, die nach uns greifen. Das Bild zerfließt in ein anderes Bild, das, für mich, dasselbe Bild ist. In der Woche vor unserem Umzug aus dem Studio der *Bodies That Matter* ins WUK, in der Schwellenzeit zwischen dem Ende der Proben und der Einrichtung des Auftritts, stehen wir am Strand des Lido und schauen aufs Meer, das, am Horizont, grau mit dem Grau des Himmels vernäht ist. Madeleine und Hannah gehen, weit genug von uns entfernt, dass Toni und ich uns alleine fühlen, umschlungen im Sand, und auch Toni kommt mir, hier, so nah wie sie mir sonst nie unter offenem Himmel nah kommt, eine Hand wie abgelegt auf meinem Steißbein. Wir sind, nach einer Panikattacke Hannahs im deutschen Pavillon der Biennale, im überfüllten Vaporetto aus Venedig geflohen, Hannah, am schwankenden Grund, zu ihrer Rechten und Linken von Toni und Madeleine gestützt, sind am Lido, getröstet von den Autos am vertrauten Asphalt und von den saisonal entleerten Sommerbars, die Straße entlanggeschlendert bis zur Landgrenze des Meers. Piers ragen wie Finger ins Wasser, hinter uns, im Nebel, die Luxushotels aus älterer Zeit. Ich schaue auf Toni an meiner Seite, sehe ihr Profil, das sich abhebt vor dem Grau des Strandes und des Wassers, und sehe in diesem Moment, wie sich die Zeit nach vorne hin öffnet, *eine weiße Wand, ein Steingarten* 枯山水, *geschliffen vom Wind*, sehe, wie für einen Augenblick der Engel der Geschichte, unsrer Geschichte, sich umdreht, sich abwendet von den Katastrophen und sich sehenden Auges hineintreiben lässt ins Paradies. Ich sehe, zum ersten Mal, eine Zeit, die es möglich wäre zu bewohnen, sehe zwei Körper, die, weit über den Bühnenrand hinaus, hineingestellt sind in den offenen Raum, sehe eine Weise, sich in der Zeit zu lösen wie, im Studio, mit Toni im Raum. Der Sand und das Meer und die alten Hotels strukturieren den Steingarten, der, verflüssigt, von allen Seiten auf uns einströmt, der sich durch uns hindurch wieder von uns entfernt, die beiden ausgedehnten Punkte unserer Körper verschmelzen zum *einen* ausdehnungslosen Punkt, Mittelpunkt eines Weltkreises, dessen Peripherie nirgendwo ist und dessen Mittelpunkt überall, ein Raum, der so leer ist wie die alten Hotels, so leer wie das Meer und wie der Sand unter den Füßen, in dem ein jedes Sandkorn das andere stützt. Ich habe, in meiner Lektüre Nāgārjunas und der Recherche seines Nachwirkens, von einem Streit gelesen in der tibetanischen Philosophie zwischen den Anhängern des Begriffs des Rangtong, der Selbstleere, und jenen des Begriffs des Shentong, der Leere des anderen. Gemäß des Shentong ist die Welt, die wir kennen und die sich aus immer verwandelnden Bedingungen bildet, zwar leer, doch liegt ihr eine tiefere Wirklichkeit zugrunde, die, jenseits des flimmernden Wandels, in sich ruht, und ich habe, damals, gelernt, diese Wirklichkeit gleichzusetzen mit der im Zen gelehrten Buddhanatur 仏性, die ebenso offen wie verborgen in allem liegt und die wir, wie mir mein Rōshi erklärt hatte, aufblitzend im Satori 悟り nach Jahren des Zazen zu erkennen vermögen und die ich, seit Jahren des Zazen, vergeblich zu erkennen versuche. Heute jedoch sehe ich, stattdessen, zum ersten Mal, als Zerrbild des Satori, die Selbstleere klar vor mir, ausgedehnt in dieser Strandlandschaft des Lido, im Wissen, dass es, im Bild meines Denkens, nichts gibt, das alles im Innersten zusammenhält, ich sehe die Leere unter Tonis, unter meiner

Haut, sehe, dass wir uns, wie die Sandkörner unter unseren Füßen, nur gegenseitig stützen, sehe die Offenheit unserer Poren, in die alles strömt, die Haut eine Grenze, die Augenschlag um Augenschlag durchbrochen wird. Ich ziehe Toni an mich, eine Geste, die sie, wie ich weiß, sonst abgewehrt hätte, doch hier, in der fremden Umgebung, geschehen lässt, ich spüre den Sand, in sich gestützt, der, wie Schmirgelpapier, ihre vernarbte Haut reibt. Ich sage zu Toni, ich mag dich, und Toni sagt, ich mag dich auch. Später, die trügerische Festigkeit San Marcos unter den Füßen, mit knurrenden Mägen auf der Suche nach einem leistbaren und genießbaren Dinner, Madeleine und Hannah, noch immer verschlungen, an unserer Seite, nimmt Toni meine Hand und lässt sie auch nicht los, als wir uns an den Ecktisch einer Osteria quetschen. Wir sprechen an diesem Abend vom Auftritt und was danach noch kommen könnte, davon, was wir, wie Toni es ausdrückt, als Nächstes machen sollen, wie wir, vielleicht, Gelder akquirieren und, neben Madeleine, die, natürlich, weiter bei uns bleiben müsse, noch andere Personen hinzuziehen können. Meine Gedanken changieren im flirrenden Wechselspiel zwischen dem Geschmack der Muscheln auf der Zunge und der ikonischen Zukunft, die Toni uns malt, als fände ich hier eine Präsenz, die umfassender ist als nur der ausdehnungslose Augenblick. Wo finde ich mich, wenn ich die Augen aufreiße, wenn ich den Denkraum verlasse, der Venedig für uns war? Beinahe im Jetzt. Ich erzähle alles, was ich davon weiß. Nach der Generalprobe, berauscht von den Blicken und den entäußerten Gesten, vom Lichtbild, das wir belebt haben, vom Raum, der sich in unseren Körpern entfaltet, und berauscht von den Worten Océanes, von der Aussicht auf Genf, ziehen wir, gemeinsam mit Madeleine und Hannah, den Verpflichtungen der kommenden Premiere zum Trotz durch die Stadt, auf den Lippen das Versprechen, nicht zu viel zu konsumieren, unsere Gesten, wie Toni sagt, nicht im Katersamt zu ersticken. Aber, sagt Toni, wir müssen hinaus, und was immer am übermorgigen Abend geschähe, selbst wenn wir uns gegenseitig über die Füße stolperten, das Stück sei bereits ein Erfolg. Sie wirft sich, noch in der Künstlergarderobe, an mich, presst ihre Schwere an meine Schwere, küsst mich, sagt, sie sei froh, dass wir, gemeinsam, die Bühne bearbeiten, sei froh, dass ich in der Welt sei, sie sagt, dass sie mich liebe, und bevor ich es vermag, zu antworten, wirft sie den Kopf in den Nacken, ihr entfährt der Schrei eines Vogels, sie nimmt meine Hand und zieht mich, glühend, in den Hof, auf die Straße, hinaus in die Nacht. Wir nehmen, in einer Bar, Gratulationen entgegen, teilen eine Runde Shots, ziehen, in Worten, die Bewegungen der Bühne nach. Ramón steht neben uns, trinkt, im Zeitraffer, Bier um Bier, sagt, dass er in unserem gemeinsamen Schaffen *etwas sehe*, wir mögen ihm glauben, er habe das Auge dafür, und er habe schon vieles gesehen, vielmehr in seinem Lichtstrahl vieles sichtbar gemacht. Bei uns sei etwas Wachsendes, Fürsichstehendes, etwas, das man, als Lichtdesigner, nicht formen, sondern nur zeigen müsse, etwas, das, mit dünner Haut, aus sich strahle, dem nichts fehlte, dem alles, was hinzukäme, Luxus sei und Ornament. Ihr zeichnet, sagt Ramón, euer Bild in den Raum, ihr könnt darauf stolz sein. Später drängen wir uns, Ramón hat sich längst verabschiedet, in die schmale Toilettenkabine des Rhiz und ziehen, gemeinsam mit Hannah und Madeleine und zwei von Tonis Mitbewohnerinnen, Speed von Tonis Android, die Lines sind klein, den Pflichten der Premiere geschuldet. Am Dancefloor rücken wir eng zusammen, bilden einen Kreis, aus dem sich Bewegungen schälen, die wir, das glaube ich, einander zuwerfen. Ich glaube es, ich kann nicht sicher sein: der Abend zerstäubt im Kristall des Ketamins, das wir uns, als die zweite Speedline verglüht ist, großzügig teilen. Zwei Bilder: das Gesicht, neben mir, einer Tanzenden, das langsam zerbröselt, die Körner lösen sich im Luftraum, der um sie expandiert und kontrahiert wie ein Herzschlag, in der Leerstelle des Gesichts, eine blinde Aura im Sehfeld, entsteht der gesichtslose Kopf eines Hundes, eine unverbundene Masse aus Augen und geifernden Lefzen. Und: ein Boden, der sich unter dem rhythmischen Tritt öffnet zum Meer hin, das, ich weiß es in diesem Lichtbild ganz genau, sich unter den Füßen befindet, *sous les pavés, l'océan.* Das Zucken des Körpers ein Kraulen durch tosende Gischt. Ich sehe, wie am Rand des Meers ein Leuchten sich ausbreitet, den Himmel übernimmt, die Grenze zwischen Horizont und Meer verglühen lässt. Gäbe es Land jenseits des Klumpens aus Himmel und Meer, es wäre mit Körpern erfüllt, die, ebenso grenzenlos, einander durchdringen, und ich, entäußert, stünde darin. Es lässt kein Sinn sich aus dem Sinnbild ziehen, das Geschehen bleibt unlesbar, als wollte ich, die Radikale fremd, ein mir unbekanntes Kanji entschlüsseln. Ich erinnere nur, was danach geschieht, als wir, ich weiß nicht wie, den Dancefloor verlassen haben. Toni liegt vor mir im Rettungswagen auf der Bahre, das Gesicht schmerzverzerrt, eine Hand auf ihren Bauch gelegt, ich halte ihre andere Hand, spüre im Hinterkopf, weit von uns entfernt, das Heulen der Sirene. Auf die Frage, was ihr geschehen sei, sagt Toni verzweifelt, mit Tierblick, sie wisse es nicht, sie habe getanzt. In der Notaufnahme schließt man, Raum um Raum, den Blinddarmdurchbruch und Organschäden aus, schließt, zuletzt, auf einen gezerrten Bauchmuskel, den *rectus abdominis*, der Hergang des Unfalls ließe sich, aus unserer zerspaltenen Erinnerung, nicht rekonstruieren, doch es gäbe keinen Grund zur Sorge, das erhole sich gewöhnlich in Tagen, Wochen, höchstens, sagt man uns, Monaten. Man entlässt uns ins Taxi nach Hause, ich halte, vor dem Fenster der lichte Morgen, immer noch? wieder?, Tonis Hand. Wir verschlafen, erschöpft, den kommenden Tag, in der Nacht höre ich, wie Toni sich, rastlos, hin und her wirft, sie beruhigt sich nicht unter dem sanften Druck meiner Berührung, unter dem sanften Druck meines Worts. Am Premierentag kommt sie vor Schmerzen kaum aus dem Bett, wir vereinbaren einen Notfalltermin beim Physiotherapeuten, ich rufe von dort, aus dem Wartezimmer, während man Toni Übungen und Geduld verordnet, beim WUK an, sage, in flachem Tonfall und mit tränenlosen Augen, unseren Auftritt ab, schreibe Madeleine, im Wissen, dass Toni es nicht tun kann, schreibe auch meinen Eltern, die, wie ich weiß, zur Premiere nach Wien gereist sind, füge hinzu, es tue mir leid, ich könne sie an diesem Wochenende nicht sehen. Wir schalten an diesem Abend unsere Telefone aus, bestellen Sushi, weinen, schauen gemeinsam, ein frühes Echo aus Tonis Zukunft, einen Film auf Netflix, ich flüstere Toni ins Ohr, dass alles immer weitergeht, sie müsse sich nicht sorgen, ich flüstere auch, ich sei bei ihr. In der Früh finde ich am iPhone mehrere verpasste Anrufe meiner Mutter, dazu eine Mailboxnachricht, ich höre sie nicht ab, lösche sie Wochen später. Es sind diese Wochen, in denen das Netz, das, tief unter mir aufgespannt, mich auffangen sollte, für den Fall, dass alles scheitert, jenes Netz, das Toni nie kannte und nie an mir begriff, fast unmerklich zerfasert und schließlich zerreißt. An manchen Tagen, an denen ich, geklärt vom Zazen, Tonis und mein Leben von außen betrachte, frage ich mich, warum meine Eltern, die sich, wie ich weiß, ein so anderes Leben für mich erdacht haben, nicht intervenieren, warum sie keinen Druck ausüben, den sie, auch wenn ich ihrem Einflussbereich weitgehend entglitten bin, immer noch ausüben könnten, warum sie mich nicht fragen, was ich eigentlich tue. Es ist diese Frage nach dem Tun oder, vielmehr, nach dem Eigentlichen, die mich die seltenen Familienfeiern scheuen lässt, die mich auch die Einladungen zum zehn- und fünfzehnjährigen Maturatreffen unbeantwortet im Papierkorb verschwinden hat lassen, die mich, wenn ich, an Feiertagen, in Klagenfurt bin, dazu drängt, die Innenstadt zu meiden. Aus der Sicht meiner Eltern jedoch scheine ich die Schuld, die ich ihnen gegenüber habe, mit dem Studienerfolg abgegolten zu haben, ich habe, unter ihrem bedingungslos liebenden Blick, gemacht, was man machen muss, um ins Leben zu treten, den Rest überlassen sie mir. Ich erinnere noch die Freude und Skepsis, als ich, nachdem wir die Förderung für die *Bodies That Matter* bekommen haben, meine Stelle beim LOFT kündige, Skepsis, da so meine Finanzen ungesichert erscheinen, Freude, da etwas geschieht, und ich weiß, dass meine im Kern kunstsinnigen Lehrereltern das, was sich zwischen Toni und mir im Studio bildet, als Geschehen begreifen. Ich stelle meinen Eltern, einige Monate nach dem Beginn unserer Proben, Toni im Landtmann vor, wir trinken dort Kaffee, bevor meine Eltern ins Burgtheater gehen, Toni und ich haben ausgeschlagen, sie in die Vorstellung zu begleiten. Das Gespräch ist ruhig und gleitet über die Oberfläche, die Fragen über ihre Familie blockt Toni, in jahrelanger Übung, einsilbig ab. Als Toni auf die Toilette verschwindet, sagt meine Mutter, was für ein nettes Mädchen, aber seien mir die vielen Narben aufgefallen? Beinahe muss ich lachen, ich sage, ja, Mama, sie seien mir aufgefallen, aber das alles sei, bei Toni, lange her und lange vor meiner Zeit. Meine Mutter nickt, sagt, mit unstetem Blick, wir haben es nicht leicht, niemand hat es leicht, gerade als Frau, mein Vater schweigt vertieft in die Speisekarte, und meine Mutter lächelt mühelos, als Toni zurück an den Tisch kommt. Seit dem Unfall habe ich meine Eltern nicht mehr gemeinsam mit Toni getroffen, ich habe sie zuletzt zu Weihnachten besucht, als mir mein Vater, im Wissen um meinen Bezug der Mindestsicherung, sein altes iPhone geschenkt hat. Mit meiner Mutter telefoniere ich gewöhnlich, vorausgesetzt, ich beantworte ihre Anrufe, an Sonntagen, ich frage sie nach der Schule, den Kolleginnen, nach der nahenden Rente, ich frage nach der Gesundheit des Vaters, danach, ob er, in seiner Pension, die Tage zu füllen wisse, versuche, wenn möglich, die mangelnde Fülle meiner eigenen Tage nur anzudeuten, erzähle vage, ohne das Japanische zu erwähnen, ich ginge in die Bibliothek, ich hätte, sage ich, Pläne. Die Mutter fragt, ob ich nicht, da ich doch schon in die Bibliothek ginge, zur Uni zurückkehren wolle, ob ich nicht jetzt, da ich frei, sie meint arbeitslos und ungebunden, sie meint kinderlos, sei, ein Doktorat anstreben wolle, es würde mir, im weiteren Leben, nicht schaden. An manchen Abenden, wenn ich auf die Decke starre, frage ich mich, ob sie recht hat, ich könnte in meiner Zeit, die ich jetzt ins Japanische fließen lasse und früher in andere Obsessionen fließen habe lassen, leicht eine Dissertation schreiben, doch ich lasse den Gedanken schnell fallen, ich könnte nicht, maskenlos, wie ich heute bin, wieder, Jahr um Jahr, den Studierenden spielen, wenn auch mein Vater, in seiner Bewunderung für die Bühne, mir immer sagt, dass alles Bühne sei, er habe auch immer alles gespielt. Ich denke stattdessen daran, mich, wieder im Bachelor, in Japanologie einzuschreiben, nur, um die Sprachkurse zu besuchen, doch ich kann mich, aus Scheu vor dem möglichen Scheitern, nicht entscheiden, bis das Semester schon, Woche um Woche, fortschreitet und es jetzt, im November, für dieses Studienjahr zu spät ist. Es ist dieselbe Scheu, die mich davon abhält, irgendjemandem, außer Toni, von meinen Projekten zu erzählen, eine Scheu, die mich abtrennt vom menschlichen Umgang und seinem Klebstoff, der Konversation. Ich habe lange nicht begriffen, dass jedes Wort ein Versprechen ist, und seit ich es weiß, meide ich die Sprache, aus Furcht vor dem Vertragsbruch. Tonis und meine Sprache jedoch ist anders, tastet nicht in die Zukunft, legt sich wie eine Decke über die Haut. Wir bestätigen uns, im gegenseitigen Anspruch, dass wir noch da sind, und dass wir beieinander sind, ein stärkerer Klebstoff, der nur unsere beiden Körper vereint. Wir erzählen uns vieles, von dem wir bislang geschwiegen haben. Tonis Schwester, das sehe ich am

Foto, das Toni mir auf ihrem Android zeigt, war ein Kind ihrer Mutter, mit demselben vom Dasein abgelösten Blick. Sie steht auf diesem Bild vor einem Steg, der eine Schneise durch das Schilf schlägt und, morsch und doch beharrlich, in einen See hineinragt. Der Himmel zerrissen von einer Lichtreflexion in der Linse, als wäre er durchstoßen von einer festeren, härteren Kraft, hinten im Bild brechen die Strahlen im Wasser. Im Gras vielleicht eine Katzenform, vielleicht nur ein Ast. Das Foto ein digitales Abbild eines Polaroids, ein Lichtabbild der Schwester, bevor ihr Bild erloschen war. Sie kann auf diesem Abbild höchstens dreizehn vierzehn Jahre alt gewesen sein, mein geschulter Blick legt sich auf ihren blanken Arm, sieht die verheilten Narben. Toni war, das sagt sie mir, noch klein, vielleicht seit zwei drei Jahren in der Welt. Zwei Leben, die sich kurz nur überschnitten und deren Schnittfläche aus Sicht des einen Lebens, des Lebens der Schwester, eine kurze, vielleicht freudvolle Störung am Ende des Denkens markierte, während die Fläche, gesehen von der anderen Seite, in dunkler Schraffur am Anfang das Denken, das andere Leben, das Leben Tonis, für immer bestimmt. Sie habe, sagt Toni, keine Erinnerung an Annette, als wäre sie, *wie mein Vater, wie unser Vater*, schon vor Tonis Geburt verschwunden, den Sinnen für immer unerreichbar, und doch müsse Toni, wie sie sagt, die Schwester gesehen, gehört und, das sei wichtig, berührt haben, und umgekehrt müsse die Schwester sie, zwei tastende Wesen, *man ist, wenn man tastet, stets offen,* berührt haben. Sie habe, als sie später von der flüchtigen Existenz der Schwester erfuhr, gedacht, es sei normal, dass Geschwister sich abwechseln, dass ein neues Kind das alte Kind ersetzt, sie habe die Spielfreunde neugierig gefragt, wieso ihre älteren Geschwister noch am Leben seien. Dass das Ableben der Schwester keine Notwendigkeit, sondern eine Entscheidung war, erfuhr Toni nicht von der Mutter, sondern später, in der Schule, von den anderen Kindern, die alles wussten und ihr Wissen unbarmherzig teilten, und Toni sagt, sie glaube, dass in dieser Entscheidung der Schwester, in der Freiwilligkeit dieser Entscheidung, sehr wohl eine große Notwendigkeit war. Auch die Art des Todes, durch Erhängen, wussten die Kinder, und erzählten aufgeregt fiktive Details. Dass die Schwester, wie später Toni in ihrem Abbild, Zeichen in ihre Haut geritzt habe, habe, sagt Toni, zu ihrem Sterbenwollen nicht beigetragen, es sei, das wisse sie sicher, ein Ankämpfen gegen den Tod gewesen, ein Öffnen der Poren für jene Luft, die sie sich letztlich mit, je nach Fassung der Kindererzählung, dem Strick, den Strumpfhosen, dem Seidenschal nahm. Das Schneiden, sagt Toni, sei Atmen und nicht das Ende des Atems. Toni spricht gerne vom Atmen und wie, als erstes Zeitmaß, der Atem auf den Atem folgt, ich denke oft daran, wenn ich meditiere und meine Gedanken an Toni sich über mein eigenes Atmen legen. Es gibt, denke ich, mit dem Gesicht zur weißen Wand, neben dem Atem, dem Herzschlag, den Jahreszeiten, nicht viel, was für sich selbst die Zeit zählt. Tonis Schwester ist nicht nur einmal, sondern zweimal aus der Zeit gefallen, zunächst aus ihrem Leben und dann aus den Leben der anderen, sie bleibt wohl, vor allem, nur eingeschlossen im Kopf der Mutter, zu dem es keinen Zutritt und aus dem es keine Flucht gibt. Was bleibt von der Zeit, die niemand erinnert? So gibt es nur Erinnerungen Tonis an boshafte Kindergerüchte und ein paar Worte des Bruders der Mutter, der fahrig mit der Hand winkt und sagt, es sei tragisch, lassen wir es sein. Heute, da Toni und er nur digital und mundlos kommunizieren, ist die Frage endgültig tabu. Die Mutter hatte, früher, als Toni und sie noch miteinander sprachen, kaum von der Schwester erzählt, nur, mit Worten, Miniaturen gemalt, mit Tränen in den Augen beim Klang ihres Namens, vielleicht die ersten Tropfen der späteren Hirnflut. Manchmal hält Toni, so sagt sie mir, der Schwester vor, den Vater noch erlebt zu haben, der heute, vielleicht, noch irgendwo und unerreichbar in der Welt sei, mit den Gedanken wohl nicht, so Toni, bei ihr, doch die Mutter habe stets gesagt, Antonia, sei froh, so ist es besser, du hast nichts verpasst. So tauscht nun Toni, denke ich, die Erinnerung an den Vater, und sei es eine Erinnerung an Indifferenz, gegen, was ist es?, vielleicht die, damals, noch unversehrte Haut. Es gibt ein zweites Bild Annettes, das Toni mir zeigt, die Schwester ist darauf acht neun Jahre alt, sie steht, im weißen Ballettgewand, in einem Turnsaal, lacht in die Kamera, die Arme graziös zur Seite gestreckt, durch die Fenster, über der graublauen Turnmatte, schlägt der Blick ins saftige Grün. Toni fragt nach meinen Lebensbildern, doch ich weiß sie, aus dieser Nähe, nur zu erfinden, und heute wüsste ich nicht mehr zu sagen, was ich ihr damals, im Rhythmus des Atmens, erzählt habe. Ein unerzähltes Bild bleibt, in meiner Erinnerung, gehüllt in einen weißen, die Sicht erblindenden Himmel, entzieht sich dem tastenden Blick: Ich sitze in meinem Elternhaus in Klagenfurt, in meinem kleinen Zimmer auf dem Bett, schon damals unbewegt, der Blick auf die Wand, Urbild der späteren Blicke, kann man, denke ich, als Kind nichts tun als sitzen? Die Ohren, das weiß ich, sind offen, lauschen dem Ticken der Armbanduhr, als wäre es mein Puls. Hinter der Zimmertür der Flur, der ins Wohnzimmer und zur Küche führt und zuletzt ins Zimmer des Vaters, von Schweigen umhüllt, weil dort, wie ich immer schon weiß, Unaussprechliches geschieht, ein Handeln jenseits der Begriffe und Bedeutungen, ein reines, gestenloses Tun, das nichts ist als die Metamorphose der Materie, ein gefühlloser Klumpen. Die Mutter fehlt in diesem Bild, kniet vielleicht im Garten, der sich hell als Außenhülle um das Bild legt, selbst begrenzt vom Taubengurren aus den Thujen, eine Grenze jenseits der Grenze, hinter der sich ein weiteres Grenzland verbirgt. Im Zentrum des Weltkreises, am Bett vor der Wand, ein Riss im Gewebe des Raums, in den von allen Seiten die Welt einströmt, ein Riss im Sehfeld, verlöschendes Bild. Ich lege mir die Finger auf die Augenlider, reibe die Netzhaut wie Hornhaut, als gälte es, sie abzuschaben bis zur reinen, unversehrten Sicht. Toni fährt mit den Fingern durch meine Haare, ich presse ihr, sprachlos, die Lippen an den Hals. Es bleibt, außer der Entschalung unserer Vorzeit, nicht viel von den Monaten nach der geplatzten Premiere, es ist, glaube ich, nicht viel geschehen, und dieses Nichtgeschehen 無為, ich erkenne das Kanji der Verneinung 無, wird zur Gewohnheit. In den ersten Wochen geht Toni noch einige Male zu einem auf Tanzkörper spezialisierten privaten Physiotherapeuten, seine Übungen bringen kaum Besserung und brauchen, rapide, unser Erspartes auf, sodass, später, als wir es dringend benötigen, nichts bleibt für eine Psychotherapie. Die auf Tonis Android aufblitzenden Fragen, wie es ihr gehe, und ob sie sich bald erhole, und, immer wieder, die Anmerkungen, wie tragisch es sei, dünnen aus, Toni antwortet nur selten. Ihr Feed, sonst sorgfältig gepflegt, bleibt unbeachtet, projiziert ihr Bild nicht mehr hinaus in die Welt, friert es, im Moment der Ankündigung der *Filaments*, ein, als Abdruck des Gleißens auf ihrer Netzhaut, ein Lichtbild, von innen entflammt. Sie verbringt, dennoch, Stunden im Feed, im Widerschein der Bilder von Momenten, an denen sie nicht mehr teilhat. In der WG meidet sie das Wohnzimmer, meidet die Partys, sitzt höchstens, beim Vorglühen, noch mit auf dem Sofa, nippt am Crémant, geht schlafen, wenn die anderen losziehen. Der Alltag bereitet ihr kaum noch Schmerzen, doch jede tanzende, vom Raum geschliffene Bewegung bleibt ihr unmöglich, verzerrt grausam ihr Gesicht. Drei Monate nach der Generalprobe, nachdem ich, Toni konnte es nicht ertragen, in unserem Namen, Océane schreibe, wir könnten, so leid es uns tue, ihre Einladung zu *Les gestes subversifs* nicht annehmen, zieht sie zu mir in die Einzimmerwohnung am Augartenrand. Es dauert nicht lange, bis ich sie, mit der Käsereibe und dem aufgeschürften Arm, in der Küche sitzend finde. Wir gehen, zunächst, noch oft durch den Augarten spazieren, füttern die Eichhörnchen, schauen, abends, in den weiten verglühenden Himmel über dem Flakturm, der still die Jahre überdauert und sich, wie ich denke, weigert, zu vergessen. Langsam sehe ich, wie uns der gemeinsame Alltag entgleitet, wie ich, für mich, nach außen trete, und Toni sich faltet ins Innerste unserer Wohnung. Ich komme, an einem sonst unbestimmten Tag, von einem langen Spaziergang nach Hause, finde Toni, das Android in der

Hand, im Bett, so, wie ich sie Stunden zuvor verlassen habe, spüre, wie eine Wut in mir aufsteigt, ich gehe, grußlos, in die Küche, schmiere mir Brote, frage Toni nicht, ob sie hungert, denke, wer hungrig ist, muss aufstehen, es sei nun Zeit, sich wieder in der Zeit zu finden. Toni, die mein inneres Wüten spürt, kommt in die Küche, schaut mich mit tastendem Auge, teils schuldhaft, teils prüfend, an, ob ihr, in diesem Augenblick, ein Unrecht widerfahre, das ihr, ich sehe es heute, von der Erinnerung geschliffen, klar, auch widerfährt. Ich sage, es sei Zeit, eine Beschäftigung zu finden, ein Außerhalb ihres Seins, sie müsse, auch wenn die *Filaments* zerrissen seien, etwas finden, das ihre Tage füllt, sie müsse, anstatt ihren Körper weiter zu schinden, ihn nutzen, und ihren Geist, der, wie ich so ungerecht sage, gesund sei, nicht verkommen lassen in der Affektionsschau des Bildschirmglases, ein Schaukasten des Erleidens, ein Passionsspiel, wie ich mit Spinoza und, schon damals, dem Buddha denke, von *affectus* und Duhkha. Ich weiß damals nicht, dass wir beide nicht gesund sind, weiß nicht, dass man die Ordnung der Gesellschaft, in die ich mich nie, wie Toni doch auf ihre Art, gefügt habe, nicht versteht, wenn man an die Möglichkeit der Gesundheit glaubt. Ich habe, später, aufgehört, nach der Gesundheit zu suchen, habe Krankheit und Heilung gleichzeitig, mit einem Zucken der Hand, aufgegeben, mich eingefunden in einem Zustand, der jenseits des Siechens ist und jenseits der Hoffnung, jenseits des Strebens, von *conatus* und Tanhā. Toni, deren Streben unstillbar ist, ein Streben, das sich, wenn es nach außen hin gedämmt ist, gewaltsam nach innen richtet, schaut mich, nach meinem Sermon, ungläubig an. Ich habe, sagt sie und zeigt, unbestimmt, auf ihren Körper, alles verloren, ich dachte, du wüsstest das, es liegt offen vor dir. Ihre kalten Worte kühlen nicht meine Wut. Ich denke zurück an jenen Vormittag, als wir, die Kopfhaut durchsichtig nach einer durchfeierten Nacht, bei mir im Bett liegen, bevor Toni zu mir gezogen ist, noch vor der Generalprobe, vor ihrem Unfall. Ich sage, ich könne nicht schlafen, lass uns hinausgehen, die Gesichter in die Sonne halten, noch fühle ich mich leicht. Toni sagt, okay, aber sie brauche noch eine Weile, sie sei noch nicht bereit. Sie verschwindet, ohne zu beantworten, wie lange diese Weile dauern solle, im Bad, ich stehe im Flur und höre das Wasser laufen, lausche dem langsamen Fließen der Zeit. Als ich durch das Fenster sehe, wie sich erste Wolken vor die Sonne schieben, ziehe ich die Schuhe an und gehe hinaus. Die leichte Jacke zu dünn für meinen ausgeglühten Körper, ich spüre eine Gänsehaut unter dem Stoff, spüre das Kitzeln im Schädel, kalte Sonnenstrahlen im Gesicht. Ich gehe den Donaukanal entlang, schaue den Menschen in die Gesichter, höre, wie die feingeschliffenen Ritornelle der Vögel sich in mir verzahnen. Es ist, so erscheint es mir, ein schöner Tag. Am Rand meines Denkfelds die unermüdliche Präsenz Tonis, sie hat mich, wie ich denke, warten lassen, sie muss, als Bewegungsmensch, doch wissen, wie wichtig, in solchen Momenten spontaner Impulse, das Timing ist. Ich kehre dennoch früher zurück als mein erschöpfter, sonnendurstiger Körper es wollte, Toni ist zu Hause, schaut mir nicht in die Augen, spricht kein Wort. Ich ertrage das Schweigen, wissend, dass ich im Recht bin, esse ein, der Nacht geschuldet, noch geschmackloses Butterbrot, lege mich wieder ins Bett. Ich erwache, als Tonis Blick meine Augenlider zerreißt. Du bist gegangen, sagt Toni, du bist einfach gegangen. Ich fühle mich schwer in die Matratze gepresst, sage, es tue mir leid, ich hätte nicht mitgedacht, ich sei bloß ungeduldig gewesen. Toni legt sich, den Abstand wahrend, neben mich, lange liege ich, wie heute, hier an dieser Stelle, schlaflos, bis ich ihre Hand an meinem Rücken spüre. Ich rücke, ohne mich umzudrehen, näher zu ihr, sage, und meine es diesmal, es tut mir so leid. Ein Gleiten, gemeinsam, erschöpft, ins Dunkel. Ein zwei Stunden später erwache ich von Tonis zuckendem Körper, Tränen laufen ihr die Wangen herab, sie erzählt, sie habe geträumt, dass ihr Zahnfleisch verfaule und die Zähne hell auf die Badfliesen rieselten, sie habe den Klang noch im Ohr. Ich nehme sie in den Arm, ihr Kopf wiegt, anders als sonst, schwer auf meiner Brust. Ich erzähle, ich sei im Traum durch eine weite Steinlandschaft gewandert, habe behutsam Schritt vor Schritt vor Schritt gesetzt, es habe kein Ziel gegeben und keinen Ort, an den ich hätte zurückkehren müssen, schließlich sei, in der Stille, ein Sirren aus den Steinen gestiegen, das in meinem Kehlkopf vibrierte, und tatsächlich spüre ich, auch heute noch, das Sirren im Kehlkopf, doch ich weiß nicht, ob ich, in diesem Moment, das Geträumte für Toni erfinde. Genauso wenig weiß ich, wie viel von dem, was ich mir selbst von Toni berichte, erfunden ist, noch weniger kenne ich den Kern dessen, was ich aus meinem Zeitlauf weiß. Etwas, weiß ich, war da, doch ich kann es nicht fassen, ich habe mich mir selbst so oft schon neu erzählt. Was bleibt, kann nur erfunden sein, Spuren verloren im endlosen Weiß. Da ist ein Bild von mir in einem Auto, tibetische Schriftzeichen in die Windschutzscheibe geritzt, ein weites Rapsfeld, das Mantra des Amida Buddha im Ohr, das mich, wie ich weiß, ins reine Land gebärt, da sind Fingernägel, die lautlos über Toilettenwände schleifen, der Blick meines Vaters, liebend enttäuscht, auf meine entleerten Hände. Ich komme nicht weiter, versuche die Bilder zu ordnen, versuche, sie mir zu erzählen. Beginne, sage ich, hier: lange vor Toni, nach Abschluss meines Masters der Philosophie, den ich, trotz meiner ersten Abscheu und des späteren Desinteresses und steten Gefühls, ich würde das Studieren nur spielen, mit Auszeichnung bestanden habe, suche ich flüchtig PhD-Stellen, ich bewerbe mich, meinem Fokus auf Ästhetik geschuldet, in den Theorieabteilungen von zwei drei Kunstunis, ohne eine Antwort zu erhalten, werde dann nach Weimar zur Vorstellung geladen, ich schaue mir während des Gesprächs von oben zu, wie ich kühl und distanziert die Fragen beantworte, ich werde auch hier nicht genommen. Als mein Vater mir mitteilt, er müsse nun langsam meine Unterstützung einstellen, ich sei, mit Anfang dreißig, längst bereit, aus eigener Kraft in der Welt zu bestehen, suche ich Arbeit, als Küchenhilfe eines kleinen Restaurants im siebten Bezirk halte ich, dem Stress und der verkoksten Belegschaft geschuldet, nur ein zwei Wochen durch, ich finde dann die Stelle als Aufsicht- und Schlüsseldienst im LOFT, fühle mich dort, sofern das möglich ist im Duhkha 苦 des Seins, schnell wohl. Die Dienste sind lang und ereignislos, ich lese die Bücher, die ich im Studium angefangen und nie ausgelesen habe, *Sein und Zeit* und *Die Welt als Wille und Vorstellung* und, in einem dunklen Winter, als mir die Luft in der Lunge zerbröselt, *The Conspiracy Against the Human Race*, beginne, langsam, von der Philosophie zur Religion zu driften, erlaube mir Bücher, die mir das Curriculum nie erlaubt hätte, Dion Fortune und Marjorie Jones, lande dann, vermittelt, wie ich glaube, zunächst von Joan Halifax, beim Buddhismus, öffne die Augen, als schaute ich in eine abgeschmirgelte Landschaft, als stünde ich, wie ich heute sagen würde, unvermittelt im reinen Land 浄土. Ich lese mich durch Bücher zur Person des Buddha, zum Pali-Kanon des Theravāda, lese über das Aufleuchten der Leere im Mahāyāna, erkenne dort den Gedanken, den einen Gedanken, der heute all mein Denken durchdringt. Ich ende beim Zen, lese von der Unbedingtheit des Sitzens, des Zazen, möchte von meinem Denken hinaus in die Welt stoßen, oder vielmehr die Welt in mein Denken hereinlassen, ich suche ein Zendō in Wien, das zu meiner theoretischen Verankerung passt, absolviere die Einführung, mit ungelenken Knien und absterbenden Füßen, schaue zum ersten Mal aufs Flirren meines Hirns. Ich komme wieder, fühle mich im Zendō vom ersten Tag an wohl, so, als ginge ich allein in eine Kathedrale, säße im Chorgestühl, hörte dem Organisten beim Üben zu, nur, dass ich im Zendō nie alleine bin, und anstatt eines gotischen Torbogens durchschreite ich die graulackierte Tür eines Neubaus im achten Bezirk, gelange in einen schmalen Umkleidegang, der als Vorhof zum Meditationsraum dient. Wir sind meist zehn bis fünfzehn Praktizierende, grüßen einander nur flüchtig, üben bereits das Schweigen ein. Ich finde hier eine Nähe zwischen unseren Körpern, wie ich sie später erst mit Toni bei den *Bodies That Matter* wiederfinde, doch ist diese Nähe hier eine hautlose Nähe, die Nähe eines alten Pärchens, das die

Berührung meidet und jedes Wort einander längst gesagt hat. Wenn wir in den Meditationsraum treten, ein schlichtes laminiertes Zimmer mit weißen Wänden und einem billigen Buddha-Altar, die Fenster weiß verhängt, die Zabutons aufgereiht an den Seiten, nehmen wir einander nur in der Funktion des Sitzens wahr. Das Fenster in der Ecke bleibt zu jeder Jahreszeit gekippt, das Rauschen des Gürtels, ein Geräusch, das mich sonst immer stört, ist hier, wie selbstverständlich, still, trägt ruhig die ausgedünnte Zeit. Hier, im Zendō, erfahre ich zum ersten Mal die reine Zeit, die nichts als Zeit ist, die unverhüllte leere Zeit, wenn auch noch nicht die weiße Zeit, die nicht vergeht, doch davon später, davon jetzt. Ich fühle mich, auch das ein frühes Echo an die *Bodies That Matter*, eine Vorahnung in meinem Körper dessen, was ich mit Tonis Körper verstehen werde, gestellt in den Raum. Es sind meine liebsten Momente, wenn ich nach einer Einheit, die Füße noch klamm, der Kopf vom Zwang befreit, mit ruhiger Hand das Zabuton samt Zafu an die Wand schiebe, Simulakrum einer Lebensordnung, die es so nie für mich gab. Ich stelle mir in diesen Momenten ein Zimmer vor, das ich eines Tages bewohnen würde, die Wände weiß, der Boden täglich neu gewischt, ein jedes Objekt im Raum durchdacht und sorgfältig in der Hand geprüft. Noch lebe ich nicht so eng wie später mit Toni, das Zabuton vor den Kühlschrank gepresst, doch meine Wohnung ist durchzogen von bleichen Erinnerungen und verkrusteten Gesten, die sich nicht mehr aus den Fugen spülen lassen. Ich meditiere von nun an, neben den Stunden im Zendō, auch jeden Tag zu Hause, in der Früh gleich nach dem Aufwachen, falte schmerzhaft die Füße aufs Kissen. So beginnt der Tag im Schmerz, dem physischen Schmerz, der langsam im Lauf des Zazen anschwillt, und dem Schmerz eines Geistes, der sich ungedämmt ins Auge schaut, der sich an manchen Tagen nicht erträgt, der unerbittlich von Innen an die Stirn drängt: die zwei Aspekte des Duhkha 苦, der obersten Wahrheit des Buddha. Schmerz und Schmerz fallen in eins, ich sehe meinen Körper als leeres Gefäß, in dem Geist und Fleisch, über der Flamme der Zeit, verschmelzen. Das ekstatische Hoch der ersten Wochen verfliegt schnell, bald ist die Meditation etwas, das ich tue, in diesem Tun mehr Sein als Handeln, eine Körper-, eine Geistesfunktion, und auch der Weg ins Zendō wird vom Termin zum Ritual. Ich kann, wenn ich zurückblicke, die Tage im Zendō nicht unterscheiden, selbst die Zeit verschmilzt unter dieser Sonne der Zeit. Ich kann mich aber, neben dem Anfang, sehr wohl an das Ende erinnern, es leuchtet noch grell in meinem Kopf, auch wenn es, in Wahrheit, eher ein Zwielicht ist. In der Sommerpause nach meiner ersten Saison im LOFT verbringe ich die Tage zu Hause, die wenigen vom Studium übrig gebliebenen Freunde in den Heimatorten oder im Süden verteilt, ich gehe einmal am Tag hinaus, in den Augarten, oder den Kanal entlang, oder, an manchen hellen Tagen, zur Donauinsel, die Sonnenuntergänge im Wasser gespiegelt. Ich fühle mich, der Routine meines Jobs beraubt, rastlos, taste mich im Kopf an Pläne, sie wiegen, wenn ich, das Gesicht zur Neuen Donau gewendet, in die Hügel schaue, leicht, tragen mich, die Füße sanft auf der Erde, nach Hause, um dort spurlos zu verdampfen. Das Zendō ist, zweimal die Woche, mein einziger Ruhepunkt, ich merke, wie ich, wenn ich vor Morgengrauen erwache und die Gedanken beginnen, lieblos im Kopf zu pochen, die weißen Wände und den klaren Boden vor meinen Augen manifestiere, wie ich, als käme er von draußen durch die Fenster, den Sprechchor des Herzsutra 心経 höre. Ich melde mich, auf Rat meines Rōshi, eines Zahnarztes aus Hietzing, für ein Sesshin 接心 an, genau genommen, wie er sagt, ein kleines Sesshin, geeignet für Anfänger wie mich, eine dreitägige Klausur des Zazen und des Kinhin in einem buddhistischen Zentrum, einem ehemaligen Zisterzienserkloster, im Waldviertel, Tage des Schweigens und der Meditation, eine jede Geste, Echo des Lebens der Zenmönche, präzise vorbestimmt. Es wird, sagt der Rōshi, dir guttun, es führt dich, da bin ich mir sicher, einen Schritt in die Ruhe hinein. Die Kosten, obgleich moderat, sind für mich nicht niedrig, ich würde dafür, wie ich denke, die Reise nach Klagenfurt zu den Eltern auslassen, und, für den Rest des Sommers, bescheidener essen. In den Tagen vor dem Sesshin wächst der Druck in der Stirnhöhle, ich breche zum ersten Mal das morgendliche Zazen frühzeitig ab, nicht aufgrund körperlicher Schmerzen, sondern aufgrund einer Unruhe, die es mir nicht erlaubt, meinem Denken in die Augen zu schauen, als schaute ich in die Augen eines Raubtiers. Ich gehe an diesen Tagen nicht hinaus, und als mir am Vortag des Sesshins am Morgen die Kaffeedose aus der Hand fällt, gehe ich zurück ins Bett, weil ich nicht aufhören kann zu weinen, eine Leerstelle zwischen Magen und Brust. Am nächsten Tag bin ich gedankenlos und leicht, als zögen dünne Fäden meinen Kopf hinauf zum Himmel, ich fühle mich, obwohl das Kaffeepulver noch immer den Küchenboden bedeckt, geordnet, jede Geste wird, im selben Moment, zweimal ausgeführt: einmal unbedacht und einmal scharf umrissen, als schneide meine Haut ins Sein. Der Körper in der U-Bahn unbewegt, gesichert, am Matzleinsdorfer Platz steige ich ins Auto Beates? Mareikes? einer Frau, die das Zendō seit bald zwanzig Jahren drei vier Mal die Woche besucht und deren Namen sich stets nur als Schatten eines Namens in meinen Geist legt. Wir sprechen, das Schweigegelübde frühzeitig auf uns genommen, die Fahrt über kein Wort, Felder ziehen vor den Fenstern vorbei, am Rückspiegel baumelt, störend, wie mir erscheint, eine Mani-Mühle, von tibetischen Schriftzeichen überzogen. Die Klarheit meines Denkens verteilt sich in der Landschaft, es ist, als würde die Welt um das Auto in einzelne Parzellen zerfallen, die nur zufällig aneinanderranden, ein Puzzle aus zehntausend Teilen, von denen sich keine zwei zusammenfügen, und dann, als wir uns dem Zentrum nähern und die Felder verwalden, zerstäuben die Puzzleteile im Pixelwirbel, in dem von Zeit zu Zeit diffuse Formen verdicken und gerinnen. Wir halten an, Beate? Mareike? sagt, vielleicht, vielleicht auch mit besorgten Augen, ein Wort, es birst zu Sand und rieselt zu Boden. Als ich mich wiederfinde, sitzen wir, schweigend, in einem kleinen Refektorium, zu zehnt um einen Tisch gedrängt, essen jeweils eine Schale Reis, der Rōshi bricht die Stille, erklärt noch einmal die Regeln, nichts sagen nichts schreiben sich nicht in die Augen schauen sich in jeder Geste klar und demütig bewegen. Wir wohnen in Zweibettzimmern, mein Bettnachbar atmet ruhig und laut im Schlaf, ich starre an die Decke, presse eine Hand, zur Sicherheit, gegen die kalte Wand. Ich falle in unruhigen Schlaf, die Antäuschung von Schlaf, als bereits der erste Gong zum Zazen ruft. Stolpernd die Füße am Parkett, verweigern sich, einen Rhythmus zu suchen, der Körper fällt schwer auf das Zafu. Ein Gasshō 合掌, das Gesicht zur Wand, ein Atemzug zum Atemzug, und schon beginnt die Luft zu brechen. Ich weiß in diesem Augenblick, dass ich, wenn ich hierbleibe, mit Sicherheit den Tag nicht überstehe, schon zieht mir jeder Atemzug Gedanken bis in die Stirn, die gegen mich aussagen, ein gnadenloses Tribunal. Ich springe auf, verlasse den Meditationsraum, erwarte, ein Wort des Rōshi zu hören, das mich zurückruft, doch es bleibt still, und niemand folgt mir. Kurz gehe ich ins Zimmer, um meinen Rucksack zu holen, dann trete ich hinaus in den Tag, es dämmert noch, die Luft ist kühl, vereinzelt singen die Meisen. Die Angst ebbt ab, weicht einem Glücksgefühl, dass dieser Tag ganz mir gehört. Ich gehe zunächst, ohne zu denken, die Straße entlang, der Wald öffnet sich zur Weide, sanft hinabgehügelt, ich sehe unter mir ein Dorf gedrängt um einen Kirchturm, verlasse die Straße, steige die Wiese hinab, an gleichgültigen Kühen vorbei, in mir der zerriebene Tag, in mir auch ein Außerhalb des Tags, ein Etwas, das anschwillt. Im Ort geparkte Autos und kein Mensch, ich hole mein iPhone hervor und schalte es an, finde eine Bahnstation im nächsten Ort, etwa zehn Kilometer entfernt. Auf der Landstraße rasen Autos hupend an mir vorbei, ich gehe, ohne zur Seite zu weichen, die Hand im Sashu 叉手, den Atem zählend, ein beschleunigtes Kinhin, ich merke es kaum, als ich die Grenze des Ortes erreiche. Der Zug trägt mich, schneller, als ich ihm folgen kann, nach Wien. Zu Hause noch ein Hauch der Euphorie, ich würde zunächst, wie ich denke, in der Küche das Kaffeepulver entfernen, vielleicht auch den restlichen Boden gründlich mit Putzmittel wischen, dazu die Oberflächen, vielleicht die Toilette, die Dusche, all die Tätigkeiten des Nitten sōji 日天掃除, der Haushaltstätigkeiten, die der Zenmönch voller Hingabe macht, in korporaler Meditation. Doch ich fühle mich müde, verstört vom Geschehen des Tages, ein Pochen im Schädel vom fehlenden Schlaf, ich lege mich ins Bett und stehe die nächsten zwei Tage nur auf, um mir Wasser und Haferflocken zu holen. Ich meide von nun an das Grätzl, in dem mein Zendō liegt, doch einmal begegne ich, ein paar Monate nach dem Sesshin, als ich den Naschmarkt entlanggehe, dem Rōshi, er nickt mir zu wie einem alten, entfremdeten Bekannten, kein Urteil in seinem Blick. Es wäre nun, Jahre später, nach Abbruch des AMS-Kurses und den verlorenen Tagen in der Bibliothek, im Zeitkristall, wieder an der Zeit, mich aufs Zafu zu setzen, den Timer zu stellen, im Zazen zu versinken, oder vielmehr, aus dem Zazen heraus an die Oberfläche meines Körpers, die Haut, zu steigen und durch die Poren hinauszuströmen, mich lösen in der Welt. Doch es ist, als schnellten die Gedanken nach oben, drängten sich unter der Stirn, als rieben sie aneinander wie sterbende Grillen, erzeugten ein Sirren, das alles Sein durchdringt. Hören 聞 das Sirren, Fühlen 感 das Sirren, kein Sehen 見, ich sehe, im Sirren, nichts. Bildete sich ein Satz in diesem Sirren, er wollte sagen, setz dich, heute, nicht hin. Der Mönch Hakuin schreibt, in seiner Autobiographie, dass jene Mönche, die nichts tun als sitzen, ihr Leben verschwenden, dass sie, im einsichtslosen Sitzen, wie Diebe sind oder wie Ratten und Läuse 鼠と虱. Vielleicht habe ich meine Zeit verschwendet, vielleicht bin ich nicht so weit. Vielleicht kann das Sitzen warten, vielleicht bringt das Frühstück die Ruhe, die, so dringend, mein Denken braucht. Der Tee zieht langsamer als sonst, der Dampf, wie ich, nur flüchtig im Raum. Die Brote vor mir ausgebreitet, eine Sammlung, sorgfältig sortiert, von Objekten ohne Wert und Zweck. Ich versuche meine Mutter anzurufen, lausche dem Freizeichen, starre aufs iPhone, das Icon meiner Karteikartenapp zeigt die Zahl der zu wiederholenden Karten, sie liegt jenseits der tausend. Ein Reißen unter der Stirn, ich schließe die Augen, sehe unter den Lidern flimmernde, miteinander verschmelzende Zeichen, groteske Radikale, sinnlose Formen, instabil und leer, ein analphabetisches Alphabet, Linien geritzt in den Augapfel, geritzt in Tonis Haut. Mein Plan zerstäubt, ich werde nicht nur um jene Tage zurückgeworfen, die ich verloren habe, sondern auch um die Tage, die ich brauche, um das Verlorene aufzuholen, anstatt meines Dauerlaufs zum Sprachverständnis hinke ich nun dem eigenen Unvermögen hinterher. Meine Philosophieprofessorin im ersten Semester, eine Expertin für Kusanus und Bruno, die mich, doch das ist später, zu ihrem Assistenten machen will und der ich, mit der Ausrede, ich sei zu beschäftigt, doch in Wahrheit, weil ich das Arbeiten, das mir noch gänzlich unbekannt ist, scheue, absage, erklärt mir, das Potential sei nichts anderes als die Wirklichkeit selbst, denn das, was sich nicht ins Wirkliche entfalte, habe nie das Potential gehabt, Wirklichkeit zu werden, und umgekehrt gäbe es kein Potential, das nicht später, mit der Zeit, zur Wirklichkeit werde. Ich öffne die brennenden Augen, beginne mit den Karteikarten, das erste Kanji 斤 ist ein schon lange gelerntes, eines, das mir, wenn ich es jetzt korrekt identifiziere, vom Algorithmus erst in Monaten wieder gezeigt werden würde, doch ich erkenne es nicht, setze es zurück an den Anfang, füge es zur Lernlast der Zeichen hinzu. Das nächste Kanji 勢 ist komplexer, erst kürzlich gelernt, es fällt mir leicht, es in seine Einzelteile, die Radikale 丶土儿力九土 zu zerlegen, doch sie fügen sich nicht wieder zusammen, bilden keinen Sinn. Der Blick gleitet, wie fremdbestimmt, vom Display. Was geschieht mit den Stunden über Stunden, die ganz auf ein Ziel gerichtet waren, wenn das Ziel rückwärts davongleitet in der Zeit bis hinter den Tod? Schon entgleiten den glattpolierten Händen die letzten Monate meiner Erinnerung. Es gibt Jahre meines Lebens, zwischen Matura und Studium, von denen ich nicht sagen kann, wie ich sie verbracht, was ich getan habe, Woche um Woche, Tag um Tag, Stunde um Stunde, Augenblick um Augenblick. Die Zeit, denke ich, ist eine Funktion der Fülle, sie besteht aus allem, was ist und sein wird und war. Wie, frage ich mich, ist es möglich, sie nicht zu verbringen? Wie ist es möglich, gestenlos durchs Leben zu gehen? Ich weiß nicht, warum der Wunsch, den buddhistischen Kanon auf Japanisch lesen zu können, in mein Leben getreten ist, warum er, von einem Tag auf den anderen, meinen Alltag bestimmt hat, mit einer Notwendigkeit, die alles an mir war, was nicht Toni war. Kann diese Hand, die mich so fest umfasst hat, ihren Druck so leicht lösen, mich fallen lassen aus ihrem Griff? Was bleibt von all den Stunden in der Bibliothek, dem Blick ins Grüne des Burggartens, dem Atmen der Sitznachbarn, was bleibt von den Pausen im Foyer, versunken im roten Kunstleder, das Jausenbrot in der Hand?

Was bleibt von den Schritten den Kanal entlang, der Blick gebrochen im Fließen des Wassers, von Toni weg und zu Toni hin, die Tage zu füllen? Ich denke, statt an Hakuin, an Dōgen, an das von ihm propagierte Konzept des Shikantaza 只管打坐, des einfachen Sitzens, aus dem sich, in der Praxis, Dōgens zielloser Zeitbegriff entfaltet. Dōgen sagt, es gäbe kein Satori 悟り am anderen Ende des Zazen, kein Meer der Erleuchtung, in dem der Meditationsfluss mündet, es gäbe nur das Sitzen im Hier und Jetzt, um das sich zu allen Seiten das reine Land 浄土 erstreckt. Ein jedes Wort der japanischen Sprache wäre damit, in meinem Vorhaben, ein vollkommener Ausdruck allen Sprechens und allen Seins. Aber was tun, wenn mir die Sprache entgleitet? Müsste nicht, hinter den Worten, das reine Land sprachlos sein? Ich war, wie ich jetzt erkenne, längst inmitten des reinen Lands, und bin nun, ohne mich von der Stelle zu bewegen, hinübergetreten in eine der buddhistischen Höllen, jene endlosen Zonen der Grausamkeit, Bilder eines gepeinigten Geistes, mir bekannt aus den Emaki 絵巻, den japanischen Handrollen aus Text und Bild. Es ist, wie ich weiß, die erste Folter jeder Hölle, dass sie, in ihrem Inneren, jede Erinnerung an ihr Äußeres nimmt. Ich denke zurück an jene Zeit, als ich in der Unibibliothek zu programmieren lerne, mich peinlich von Übung zu Übung tastend, in der Ekstase eines frisch mit Macht Betrauten, der sich daran berauscht, Befehle zu erteilen. Ein jedes der kleinen Programme ist für sich sinnlos und scheint doch, im Takt der über die Tasten schlagenden Finger, als vollkommener Ausdruck aller Möglichkeiten algorithmischer Transformation. Ich bin überrascht, wie leicht es mir fällt, ich habe immer gedacht, dass Programmieren ein Arkanum sei, zugänglich nur den Erwählten mit vorgeprägtem Hirn. Doch es ist leicht, eine ungebändigte Vielfalt einfachster Rechenoperationen, die sich in freien Allianzen verbinden, und ich sehe mich selbst, wie ich, in Zukunft, zur Erzeugung komplexer Strukturen ermächtigt bin. Die Tage aber, wie immer, damals wie jetzt, entgleiten mir, und heute bin ich kein Programmierer, erinnere kaum, nur äußerlich, nicht innerlich, angestrebt zu haben, irgendwann, bald, in ausgemessener Zeit, einer zu sein. Ein Leben jenseits, außerhalb der Struktur. Ich weiß, dass mir, wenn ich jetzt die Finger löse, das Japanischlernen mit dem iPhone für immer entgleitet, dass ich niemals zu ihm zurückkehren werde. Es ist leicht, einem strengen Plan zu folgen, viel schwerer, planlos das Versäumte aufzuholen. Die Sutren, die mir jetzt so viel bedeuten, werden niemals zu durchdringen sein. Aber wie, von nun an, die Tage füllen? Das iPhone liegt noch immer in der Hand, die Muskeln unverändert angespannt, impulslos, lösen nicht den Griff, heben nicht den Arm. Ich denke an Toni, die im anderen Zimmer schläft, gehe zu ihr, das iPhone weiter im Denkkrampf umklammert, schaue auf ihren schlafenden Körper hinab, der sich, unter der Decke, unscharf im Dunklen abzeichnet. Ihr Leben gekerbt in diesen Raum, sodass mein Leben sich, von der Früh bis zum Abend, andere Räume sucht, unbestimmte Räume, in denen ich sein kann, unschuldige Räume, noch nicht von Tonis und meinem Zeitkristall geschliffen. Ich suche keinen Raum mehr, der sich, wie damals bei den *Bodies That Matter*, ertasten lässt, der in mich eindringt und aus mir heraus sich ausdrückt, keinen Raum, der mehr ist als ich und meine sich wiederholenden Gesten, sondern einen Raum, der mich gestenlos sein lässt, einen unbestimmten, ungekerbten Raum, der mich umfasst. Ich lege mich, vorsichtig, zu Toni ins Bett, rücke an sie heran, ohne ihren von mir abgewandten Rücken zu berühren, sie murmelt im Halbschlaf. Ich liege mit offenen Augen und starre ins grauende Dunkel, bis sich mein iPhone aus der Hand löst und von der Matratze auf den Boden gleitet. Ein Splittern im Gehirn, *kein oben kein unten*, ich versuche Halt zu finden, mir Stufen zu schlagen in die Mauer aus Worten, die sich vor mir bis in einen ungeschauten Himmel erstreckt. Der Blick fährt in die weiße Wand. Ich denke an das Herzsutra, den einen Text, der mich immer, ein tantrisches Mantra, zu Boden gezogen hat, den Text, der in sich alles ausdrückt. Es gibt, wie ich weiß, außer dem Herzsutra eine noch kürzere, ungleich präzisere Verknappung der Prajñāpāramitā-Sutren, der Sutren des anderen Ufers, die nur aus einem Buchstaben besteht: einem *a*, im Sanskrit Vorsilbe der Verneinung, jenes Nicht 無, das das Herzsutra durchzieht, jenes Nicht 無, das ich auf mich lege. Es war, in meiner Praxis des Zen, immer mein Ziel, mit einem Zucken der Hand den Wortstrom zu verlassen, die geschwärzten Lettern vom Papier zu schmirgeln, das, darunter, schon immer rein und weiß ist, ein Löschpapier, in das die Druckerschwärze spurlos fließt, Ziel, mit meinem Atem eine Fassung der Prajñāpāramitā-Sutren zu schreiben, die kürzer ist als eine Silbe, die nichts ist als ein weißes Blatt Papier. Die Zeichenlosigkeit, Musō 無想, habe ich in einem Kommentar zum Herzsutra gelesen, sei eins der drei Tore, die zur Freiheit führen, wenn man es durchschreite, verschwänden die Symbole, Metaphern und Allegorien, ein jedes Ding bedeute nichts als sich selbst, bedeute, vielmehr, nicht einmal sich selbst, sei reines, blankpoliertes Sein. Jedes Zeichen, so steht es im Diamantsutra 金剛経, nah dem Herzsutra verwandt, eine weitere Kurzfassung des Prajñāpāramitā, des anderen Ufers, betrügt uns, und Klarheit bestünde darin, alles zu sehen als das, was es ist. Wie kann das geschehen? Kann ich den Wortstrom verlassen, einen Ausgang schlagen aus dem verästelten Schwarz? Mein Körper liegt, körperlos, grausam da, schwer nach unten gezogen. Das Auge kein Auge, das Ohr ist kein Ohr, meine Nase keine Nase. Nicht 無 und nicht 無 und nicht 無 und nicht 無, in jeder meiner Fasern. Die Zunge, unbewegt, rastlos, im Mund, ertastet keine zu bildenden Wörter, ertastet nicht einmal, schmerzbegierig, den freigelegten Nerv, bleibt schmerzlos enttäuscht. Der Steingarten der Worte verflüssigt sich, mein Denken mir, unwiderruflich, entrissen vom Wortstrom, ein langsames Fließen erkalteter Lava, zerrt an mir in den Worten des Kannon Bosatsu, Avalokiteśvara, im Spruch, der alles Leiden durchdringt, der Wahrheit, die, wie man sagt, alle Täuschung entblättert, *hinüber hinüber ans andere Ufer endlich hinüber ans andere Ufer welch ein Erwachen* 揭帝揭帝般羅揭帝般羅僧揭帝菩提僧莎訶 *svāhā!,* es liegt, am anderen Ufer des Wortstroms, auf der Rückseite der Dinge, zum ersten Mal das reine Sein vor mir, ein Zündholzgebilde, das sich selbst stützt, oder das, in diesem Moment, einstürzt, so entschlossen, dass jedes Holz gegen das andere schlägt, ein Gebilde, könnte man sagen, das einstürzt und sich gleichzeitig stützt. Wie konnte ich all das bislang nicht sehen? Der Schwefel von den Hölzern gerieben, Mindfulness im Overdrive, kein Hören 聞 kein Sehen 見 kein Fühlen 感. Vor allem kein Fühlen, vielmehr die Einsicht, dass es nie ein Fühlen gab, nie Fühler, die aus der Haut ins Land sich tasten. Die Haut nun lückenlos zum Sack vernäht, die Oberfläche abgeschliffen, nervenlos. Wie soll man atemlos den Atem zählen? Das Nenjokyō sagt: wer seine Arme und Füße lang genug streckt, der fühlt keinen Schmerz, konzentriert den Geist, entwickelt das Denken, zeichnet sich aus. Also versuche ich den Hautsack zu strecken, strecke vergeblich, presse mich nur immer tiefer hinunter in die Daune. Ich bin ganz da, war niemals so ins Sein gelegt wie jetzt, liege, wortlos treibend, die Augen am Ufer, im Wortstrom. Der Körper ein Kleid, unter dem es keine Nacktheit gibt. Ich glaube am Rand des Sichtfelds unscharf Tonis Körperkleid zu erspähen, doch nichts ist gewiss, und wenn sie zu mir sprechen sollte, dann sind die Worte zerbröckelt, ununterscheidbar vom Grundrauschen allen Seins. Ich versuche die Brocken zusammenzukleben, versuche auch die Wörter des Wortstroms, die längst nicht mehr gegen mich sprechen, die außer mir sprechen, die sich mir und dem meinen entrissen haben, zu fassen zu kriegen, klumpige Wörter, glitschige Wörter, eine geruchlose farblose Masse, die zäh den Luftraum ausfüllt bis in die Atemwege, bis in den Kehlkopf. Ich versuche den Hals zu befreien, höre den Ruf eines Raubvogels, oder, vielleicht, das Schmatzen eines verstopften Maschinenrohrs, spüre, vielleicht, den Druck einer Hand? einer Klaue? auf der Außenhülle des Hautsacks, vielleicht auch nur das kalte Metall, das mich stetig fest zusammenpresst. Ich liege, jenseits von Tier und Mensch und Maschine, auf der anderen Seite des Seins. Hier geschieht, für immer, nichts. Kalte Sonnen gehen auf, das blanke Auge schaut, lidlos, ins strahlend weiße Licht. Ich schlafe, ohne zu schlafen. Es ist nun Zeit, von der Zeit zu sprechen, die nie vergeht, von der Zeit, die sich ums Geschehen windet, die ungeschehen macht, was im Jetzt 今 und Jetzt 今 und Jetzt 今 geschieht. Ich befinde mich nun, denke ich ohne zu denken, im Auge des Nichtjetzt. Das Nichtstun hat den einen Makel, dass es niemals Nichtstun gibt, dass das Auge, und sei es hinter geschlossenen Lidern, immer schaut. Ich frage mich also, ohne zu fragen, ob ich mir deshalb Zeichen 字 in die Augen ritze, um endlich zu schauen, ohne zu schauen. Ein abgelöschter Hautsack ist mir nicht genug, so wie Toni sich die Körperoberfläche ritzt, ritze ich mir das Hirn. Was hatte ich, bevor ich die Zeichen hatte, was war, frage ich, die Klinge meiner Wahl? Es gibt keine Antwort auf eine Frage, die ungestellt bleibt. Ich denke an den Winter, den ich damit verbringe, mir den Laptop einzurichten, täglich aufs Neue, zum perfekten System. Bücher über Systemadministration und die Kommandozeile, YouTube-Tutorials zum Austauschen der Hardware-Komponenten, obskure Wikis, hunderte Seiten in Diskussionsforen, minutiös bis zur Lösung verfolgt. Ich setze ein obskures Betriebssystem auf, lasse jeder meiner Gesten das richtige Kommando folgen, die Fenster am Bildschirm, perfekt nach der Fibonacci-Spirale, sich selber ordnen, niemand, der, was niemals geschieht, meinen Laptop borgte, wüsste ihn zu verwenden. Heute liegt er unbenutzt im Schrank. Ich denke zurück, oder weiter?, an die Wochen des Restsommers nach dem gescheiterten Sesshin, als ich in meiner noch immer ungeschrubbten Wohnung mein Denken nicht mehr ertragen kann und zu meinen Eltern nach Klagenfurt fahre und im Gästezimmer ihrer großzügigen Stadtwohnung, die sie nach dem Verkauf des Hauses meiner Kindheit bezogen haben, wie jetzt, auf die weiße Wand starre, meine Mutter bringt mir täglich das Essen, bis ich wieder zum gemeinsamen Abendmahl erscheine. Weder sie noch der Vater fragen nach dem Zustand meiner Gedanken, sie weben um mich ein Netz aus Gesten, das mich, schwerelos, trägt bis ans andere Ende des Sommers. Ich erinnere mich, ohne zu erinnern, erzählend zurück an einen früheren Sommer, zu einer Zeit, als ich, mein Studium hassend, studiere, noch bevor ich mich dem Studieren aus Gewohnheit ergebe, und nachdem ich, nach einer Semesteraffäre mit einer Erasmusstudentin, die, als sie die Stadt verließ, zu mir sagte, komm mich nicht besuchen, die Wochenenden in Clubs verbringe, die Synapsen, getriggert vom MDMA, glücksgeflutet, und wie ich zuletzt, als ich am Morgen den Kanal entlang nach Hause gehe, die Flut verebbt und in die Stirn gezogen, mir denke, dass es Zeit ist, die Zeit zu verlassen. Mein Therapeut, das ist lange zuvor, ein Psychoanalytiker, fragt mich im Erstgespräch, wir sind nie weiter gekommen, nach meiner ersten Erinnerung, und ich sage, nicht wissend, ob ich erzähle oder erfinde, ich stünde am Balkon meines Elternhauses in Klagenfurt und denke, der Blick in die Tiefe gezogen, nun müsse man springen. Die Erinnerung kein Einzelbild, eine Serie, ein Immerwieder: immer wieder die Hand an der Brüstung, immer wieder ein Fuß, der prüfend auf das Gitter steigt. So klar gezeichnet jede Geste, die zur Radierung aller Gesten führt, als könnte ich nun, endlich einmal, alles sehen. So auch nun, kein Gitter am Kanal, das Auge, wie später am Anna-Altmann-Park, lidlos, ein loser Ball, der frei nach allen Seiten schaut, ungestört, zeichenlos. Und auch heute radiere ich mir die Zeichen von der Netzhaut, beende ihr Spiel. Nicht aus sich, sagt Nāgārjuna, der größte Philosoph des anderen Ufers, und nicht aus etwas anderem, und nicht aus beidem, und nicht aus nichts, entsteht jemals etwas irgendwo. Ich löse mich nicht vom Gitter, damals wie heute, aber ich lösche sehr wohl aus. Was geschieht nun, wenn alle Zeichen zerstäubt sind, auch das Zeichen, das, als *Toni & Toni*, Toni und mich bedeutet, mit Toni und mir? Schutzlos mein Auge, rund um mich ein rotes Licht, das den Dancefloor des Rhiz, in der Nacht nach der Generalprobe, nur spärlich beleuchtet, das die tanzenden Schemen verschwimmen lässt, ich sitze, ich weiß nicht wieso, am Rand des Geschehens, sehe Toni auf mich zukommen, ein Lächeln auf ihrem Gesicht, die Hände geöffnet. Wir gehen, glaube ich, auf die Toilette, gespiegelt im Zerrbild meiner Gedanken, Toni zerstäubt die Kristalle, wählt für sich die größere Line, sie steht, den Kopf in den Nacken gelegt, unbewegt da, als warte sie auf die Wirkung. Ich lege, Bleigeschmack auf der Zunge, meine Hand an ihre Hüfte, wir schauen uns an, der Abend zieht, unausgesprochen, vor uns vorbei. Toni küsst mir nachlässig die Lippen und sagt, wir waren so gut wir waren so gut, und ich sage, ja, Toni, wir waren so gut. Ein glänzender Film auf Tonis Augen, die Worte verdünnen die Luft, schwärzen die Sicht, ein Tinnitus in meinem Ohr. Ich denke an die weiße Wand im Studio am Anna-Altmann-Park, die, wie alle weißen Wände, unbewegt vor mir aufragt, denke an die Blicke Antoines, Ramóns, die mich stolpern ließen, ich höre ein unverständliches Wort meines Vaters, sehe, in der schmalen Toilettenkabine des Rhiz, Tonis perfekt gesteuerten Körper vor mir, der nicht einmal jetzt, im kristallinen Denken, sich ihrer Kontrolle entzieht, ich spüre in mir jene Wut aufsteigen, die alles durchdringt, die sich, ein fauler Lufthauch, zwischen mich und Toni drängt, Tonis Augenglanz, viel zu nah an meinen Augen, erscheint mir als Schimmel, der auf meine Netzhaut übergreift und sich über mein Sichtfeld legt, ich spüre, wie die Myzele den Sehnerv hinabwuchern und Löcher in mein Denken reißen, sehe den Raum um mich, sich verdunkelnd, zerkörnern, man könnte, denke ich, Toni zurückstoßen, sie würde mit der Schulter gegen die Toilettenwand knallen und zur Seite torkeln, sie würde hilflos versuchen, sich mit den Fingernägeln in die abgerissenen Poster zu haken, sie würde nach vorne stürzen, mit dem Bauch auf die Klomuschel schlagen und zur Seite auf den Boden klatschen und stumm dort liegen bleiben, wartend auf meine helfende Hand, auf meinen sorgenden Mund, der fragt, Toni, ist alles okay?, sie würde reglos neben mir stehen, ohne zu wissen, was ihr geschieht, sie würde mich, aus der Hinterseite ihres Denkens heraus, anschauen und immer noch sagen, im Loop, Toni, wir waren so gut. Ein Klopfen an der Tür, Madeleines Stimme fragt, wo wir denn blieben? Ich öffne die Tür einen Spalt, lasse den Körper der Stimme eintreten, Madeleine sieht Tonis murmelnde Lippen und ihren zwischen die Dinge sich tastenden Blick, sie tätschelt ihr liebevoll die Wange, fährt ihr durchs zerzauste Haar, hält ihr, nach einem geübten Kramen im Beutel, eine Fingerspitze Speed unter die Nase, Toni zieht auf wie ein gehorsames Kind, Madeleine lacht und sagt, Toni, du weißt doch gar nicht, wo du bist, eine zweite Fingerspitze für mich, beißend in der Schleimhaut, stabilisiert den Raum, reinigt die verseuchte Luft, alles wird hell und klar, ich starre ins rote blendende Licht, Madeleines Hand stützend auf meinem Rücken, sehe Tonis Gesicht, myzellos, vor meinem Gesicht, auf der Toilette? Am Dancefloor? Ah, sagt Toni blinzelnd und schaut mich wach, zurück ins Sein gestürzt, an. Lass uns tanzen. Die Kickdrum schlägt, zum Polyrhythmus der Hi-Hats, aufs Trommelfell, Arpeggios verstimmter Sägezahnwellen branden durch den Raum, fluten, ungebremst, die Ohrmuschel, fluten das bröckelige Hirn, lassen eine Mure vom Denken bis in den Solarplexus fahren, lösen mich aus dem Bewegungsloop, der mich im Takt des Rhythmus gefangen hielt, ich wende mich, ein Zerrbild im Zerrbild, Toni zu, ihren glasierten Augen, ihren vom Muskelspiel befreiten, verzogenen Mund, sehe, wie sie mich anschaut und durch mich schaut, wie sie mich als Bewegung wahrnimmt und nicht als vom Raum gelöstes, atmendes Tier, sehe, wie auch sie sich aus ihren nach innen gerichteten Dancemoves schält, ich spüre, wie wir den Dancefloor ausfüllen, wie wir, es ist, was wir können, ankommen im Raum und ankommen in der Bewegung des anderen, ich spüre die Herausforderung, die aus ihren Gesten zu mir schlägt, sehe, wie die Masse der Tanzenden zerstäubt, es öffnen sich Fenster hinaus ins Grün des Anna-Altmann-Parks, ich nehme die Herausforderung an, synchronisiere die Gesten, beschleunige, ein Funkeln in meiner Stirn, die Bewegungen, die sie mir gibt, und sie, im Gegenzug, drängt ihre Gesten an die Grenzen dessen, was ein Körper vermag, was ihr Körper vermag, ich zerre an meinem Körper, um ihren Körper unmerklich über die Grenze zu stoßen, ich gebe, ohne zu denken, nicht auf, dränge sie weiter, und unter mir wogt das Mittelmeer, das meine und Tonis Gesten, das unsere Gesten mitreißt. Ich sehe in ihren Augen, dass etwas falsch ist in ihrer Bewegung, sehe, wie ein Zucken, das sie ihren Muskeln erlaubt hat, das sie von mir übernommen hat, Toni durchschneidet, doch sie macht weiter, weichgezeichnet im Spiegelbild meiner entfesselten, mangelhaften Bewegungen, und erst, als Toni in meinem Innehalten erkennt, dass mein Spiegelglas zerbrochen ist, dass sie, wie immer, das Bewegungsspiel gewonnen hat, weicht der Tierblick dem Triumph, sie sagt, komm, setzen wir uns hin. Ich hole Getränke, sehe, am Rückweg von der Bar, wie Toni, geworfen in ein Gespräch mit Madeleine und Hannah, sich den Bauch hält, wie ihr Ketamund sich weiter verzieht, ihr Blick sich löst von Madeleine, sie schaut mich an, und ich weiß, dass etwas nicht stimmt, dass ein Schmerz an ihrem Sehfeld reißt, ihr Blick ein Hilferuf, der mich, berührungslos an ihrer Seite, erstarren lässt. Hannah ruft den Krankenwagen, ich presse meinen Mund an Tonis Ohr und sage, im Pulsschlag des Clubsounds, zum ersten Mal: alles wird gut. Ein Wortbild, das mich in den Zeitstrahl stößt. Was danach folgt, die Zeit, die sich bis ins heute dehnt, ist für Toni neu, für mich eine Rückkehr. Man sagt, wir kämen nackt in die Welt, doch unsere leeren Hände sind, wie ich denke, angefüllt mit Zeit, die es zu verbrauchen gilt. Wiegt sie schwer oder wiegt sie leicht? Toni macht sich schon damals, als wir beginnen, das Studio am Anna-Altmann-Park mit unseren Gesten auszumessen, über mich und meinen Alltag lustig, sie sagt, ich lebte wie ein Pensionist, im

Griff seiner Hobbies, ein einsames Werkeln und Basteln jenseits des Wirkens in der Welt. Als wir beginnen, auch außerhalb des Studios die Ekstase unserer Körper zu teilen, bemerke ich oft, wenn wir uns in Gesellschaft bewegen, einen Unmut in ihrem Umgang, ich sehe in ihren Augen jene Frage, die für mich immer die schrecklichste war, die Frage nach dem, was ich eigentlich tue. Sie scherzt, sie habe mich vom Straßenrand aufgelesen und habe mir, mit dem Erarbeiten der *Filaments*, endlich eine Aufgabe gegeben, in der ich mich verwirklichen könne, sie lacht und weiß, wie ich glaube, nicht, wie sehr sie damit recht hat. Mit glasigen Augen, denke ich, die Arme, wie eingeschnürt, gepresst an den Körper, schreite ich spurlos durchs Dickicht der Zeit. Als ich, schon nach Tonis Unglück, beginne, mich ins Japanische zu stürzen, schaut Toni mich an und durchschaut mich, sie lacht und sagt, Toni, wenn es dir guttut. Nur einmal bricht ihr wohlwollender Blick, sie ist bei ihrer Ärztin gewesen und hat, wieder einmal, die Hoffnung auf baldige Genesung aufgegeben, sie sitzt zu Hause und starrt an die Wand, und sagt, als ich frage, was willst du jetzt tun?, ich warte. Wieder, in mir, ein Glühen der Wut. Ich sage zu Toni, sie müsse die Tage füllen, sie dürfe nicht im Nichtstun versinken, es sei immer etwas zu tun, auch mir seien die *Filaments* wichtig, das Wichtigste gewesen, doch ich gäbe nicht auf, ich wisse mich zu beschäftigen. Tonis Lippen verziehen sich abfällig. Du wirst, sagt sie, im Japanischen niemals so gut sein wie einer, der das Land bereist, du wirst deinen Buddhismus nie so durchblicken wie ein Professor der Buddhologie, du wirst auch im Zen nie so gut sein wie einer, der Tag um Tag mit einer Meisterin oder einem Meister übt, ich, Toni, habe immer meinen Körper geübt, er ist das eine, was ich habe, und ich will ihn zurück. Sie fährt mit der Hand über den Küchentisch, lässt ihre Tasse am Boden zerschellen, gleitet aus der Wohnungstür. Ich sehe die Fasern der Wände zerreißen, sehe, wie sie nach Innen schnalzen, sehe das Sichtfeld zerbröckeln ins K-Hole. Toni kommt eine Stunde später nach Hause und küsst mich auf die Wange, sie sagt, es tue ihr leid, ihre Haut sei zerrieben, es schmerze die Welt, wir gäben, das wisse sie, beide unser Bestes, es würden wieder andere Zeiten kommen, das sei ihr gewiss. Samten hüllt mein Hirn ihr Urteil ins Vergessen. Wir gehen, am Tag darauf, eine seltene Sortie, ins Kaffeehaus, klappern mit den Tassen, schauen auf die Jugendstilgemälde an der Wand, die Finger am Tisch ineinander verschränkt. Das Bild zerstäubt in ein anderes, mit diesem Bild verwandten Bild, ich schaue auf Toni hinab, wie sie am Abend, als ich von der Bibliothek nach Hause komme, im Bett liegt, sie sieht das Urteil in meinem Blick, sagt, lass mich, es geht mir gut, ich brauche nur Zeit und Zeit und Zeit, ich höre auf ihre Worte und warte. Die Schnitte in ihrer Haut sind Pendelschläge, die die Stunden zählen. Für sie ist diese Zeit, die für mich eine Rückkehr in eine Vorzeit ist, eine Zwischenzeit, es wird, das glaubt sie, das weiß sie, eine andere kommen. Ich glaube das nicht. Toni fragt mich immer wieder, warum ich, obwohl ich doch unermüdlich meditiere, nicht zum Zendō zurückkehre, oder sollte ich mich meines Abgangs, von dem ich ihr in Grundzügen erzählt habe, schämen, mir ein neues suchen, doch ich weiß, dass ein Vorhaben, an dem man einmal gescheitert ist, verschlossen bleibt. Ich suche, wie immer, die

Rechtfertigung, vor mir, nicht vor Toni, in der Literatur, ich lese die neuesten Studien aus der Religionswissenschaft, die das Zen unserer Zeit als Maskenspiel entlarven, in dem sich das chinesische Patriarchat und der japanische Nationalismus verbergen, ich lese von amerikanischen Rōshi, die ihre Macht für Geld und Sex missbrauchen, lese über die rechte Gesinnung der ersten Propagandisten des Zen, verfolge die Genealogie der Meister meines früheren Zendōs zurück zu Apologeten japanischer Kriegsverbrechen des zwanzigsten Jahrhunderts. Selbst Toni, die mich schon lange durchschaut hat, glaubt, meine Vertiefung ins Japanische sei eine Annäherung an eine mir überlegen erscheinende und dank meiner Meditationserfahrung nahestehende Kultur, während es vielmehr, im Anschluss an das YouTube-Video, das ich vor Monaten geschaut habe, der Wunsch ist, mich jenseits der japanischen Verengung der jahrtausendelangen vielsprachigen Geschichte des Buddhismus zu öffnen, und daraus die Essenz zu ziehen, die mich retten wird, als sei es meine Aufgabe, dies alleine zu tun. Kann ein Leben, vor allem ein verschwendetes wie meines, lang genug dafür sein? Es könnte lang genug sein, würde es mir nicht Jahr um Jahr die Zeit von meinem Leib schmirgeln, so wie jetzt, da ich zwischen Tag und Nacht im Bett liege und die Stunden hautlos auf mir liegen. Hier, in dieser Zeit, ist ein Leben schmerzhaft lang. Ist Toni, die mich in Frage stellt, bei mir? Ich könnte sie, wenn sie vor mir stünde, nicht sehen, könnte nicht verstehen, was sie zu mir spräche. Was sieht sie, wenn sie herabschaut, in mir, was hat sie in mir gesehen, als wir nebeneinander auf der Bühne standen und uns in den Augen der Zuschauer spiegelten? Ich sehe, wie sie nach einer Nacht, die unsere Nähe geformt hat, zu mir in die Küche kommt, spüre, wie sie ihren Körper an meinen legt, spüre den Atem am Ohr, als sie sagt, alles an dir ist so fein, ich lebe in deiner Berührung, oder: ich liebe deine Gesten, oder: ich gebe uns Zeit. Ich sehe, eingebrannt in meine Netzhaut, wie Hannah in Venedig vor dem deutschen Pavillon steht, das Mascara tränenzerlaufen, sehe, wie die zerrende Spannung ihrer Muskeln sich löst in dem ihren Körper umschließenden Griff Madeleines. Ich sehe, später am Lido, am Rand des Sichtfelds des vom Meer gebannten Blicks, wie Toni, vermeintlich unbeobachtet, mich anschaut, sehe den ernsten Glanz in ihren Augen, der mich, jenseits meiner Gedanken, einschließt in dieses Bild aus Sand und Meer. Bei der Rückfahrt, im Nachtzugabteil, liegen wir eng aneinandergepresst auf der schmalen Liege, erraten, schlaflos, das Land, das im Dunkeln vorbeizieht. Tonis Muskeln scheinen zu erweichen, ihr Kopf schlägt ungebremst auf meiner Brust im Takt der Schienen hin und her. Ihre Haut ist, in diesem Moment, nur schlaff über das Fleisch gezogen, schnürt sie nicht ein, lässt ihren Körper geschehen. Ein Bild, das ich bewahren will, ich scheue es, will es nicht zerspeicheln unter der Zunge, will es, im Erinnern, nicht auflösen, ich fahre vorsichtig mit den Fingern über die ausgelöschten Stellen, suche nach Nerven, die, wenn auch nicht stechen, doch noch kribbeln im Zahnfleisch. Es bleibt sonst nichts, das mich emporhebt, ein Liegen im Nullpunkt. Wie kann es von hier aus weitergehen? Im Inneren des Augenlids ein unverbrauchtes Bild, in das ich mich mit zarter Linie zeichne: Wenn ich die Augen öffne, werde ich Tonis Gesicht vor mir sehen, ich werde, sanft, zu ihr sagen,

Toni, sie wird, noch sanfter, antworten, Toni, und lächeln, die Muskeln gelöst. Beinahe werde ich es wagen, ihre Geste zu spiegeln, das Lächeln zurückzuwerfen, meine Hand wird, vorsichtig, greifen nach ihrer vernarbten Hand. Wie geht es dir?, wird Toni fragen, ich werde mit den Schultern zucken, vielleicht, um zu sagen, es geht mir okay, vielleicht aber auch, um mich dem Diskurs des Gutgehens und Schlechtgehens zu entziehen, mich hineinzulegen in das Duhkha 苦, das alles durchzieht, mich ihm hinzugeben wie nun Tonis Hand und ihrem sanften, mich formenden Druck. Vielleicht aber sprechen wir nicht, schweigen mit unserer Haut. Vielleicht wird Toni auch sagen, sie habe etwas für mich, und ihre andere Hand wird langsam hervorkommen hinter dem Rücken, wird, in ihrem Griff, eine, nach langer Pause, selbstgestrickte Haube entbergen, schwarz wie ein Koromo 衣, die Robe der Zenmönche, sie wird mir die Haube lachend über den Kopf ziehen und sagen, komm, wir gehen hinaus. Mein Körper wird, unbedacht, ihrem Wort gehorchen, die Zähne werden in der Küche Getreide mahlen, die Zunge vorsichtig den Geschmack ertasten, der Halsmuskel den Brei in den Körper lösen, ihn mir einverleiben, wie, damals, die ausgelösten Muscheln in der Bucht von Venedig. Ich werde die Hand nach ihr strecken, sie legen an ihren flüchtigen Arm, der, unter meinen tastenden Fingern, nicht zusammenzuckt. Draußen die Ohren wollumhüllt, geschützt vom Wind. Die Tram wird uns über das Wasser tragen, der Blick Richtung Westen, still die Worte des Amida Buddha im Mund, im Loop 南無阿弥陀仏 南無阿弥陀仏 南無阿弥陀仏 南無阿弥陀仏 南無阿弥陀仏 南無阿弥陀仏, sie werden mich, endlich, lösen ins Simulakrum des Hier und Jetzt. Halte, sage ich mir, in deinen zitternden Händen das Bild. Der Himmel über der Donauinsel weit und grau, zerfließt mit dem Wasser, strömt im Tempo des Flusses über uns hin. Himmel und Wasser und das, hier, so flüchtige, künstliche Land erscheinen mir licht, flimmern in meinen Augen. Toni geht an meiner Seite, den Blick auf den Boden gerichtet, als würde sie nachdenken, in Gedanken, das sehe ich schimmern durch ihre rissige Haut, die diesmal keinen Kreis um sie ziehen, sich nicht kontrahieren und Toni einschnüren mit ungedämmter Kraft, sondern Gedanken, die vorsichtig tasten über die Oberfläche der Welt, in einem Zeitraum, der keine Schnitte, keine ausgelöschten Zonen kennt, Gedanken, die glänzen auf Tonis Haut wie der Schweiß in unseren Tagen im Studio des Anna-Altmann-Parks und in unseren Tagen, Poren an Poren, der verdampften Kristalle, gemeinsam in Tonis Bett. Ich sehe den Körper der Schwester nicht eingezwängt in dieser Haut, sehe, hinter Tonis Augen, nicht die kalte Angst ihrer Mutter. Manchmal bricht Toni das Schweigen, spricht Worte aus, die leicht nach oben steigen, sich lösen in der Luft. Wir finden einen Pfad hinunter ans Ufer der Alten Donau, schauen hinüber, wie das andere Ufer an die Weinberge randet, wie Krähen Linien in den Himmel reißen, hoch oben über meiner Stirn und Tonis Stirn. Das Sonnenlicht bricht, unter den Krallen der Vögel, für einen Augenschlag aus den Wolken, perlt über den Strom, versickert, durch unsere Füße hindurch, im Grund. Ich drehe den Kopf zur Seite und sehe, im Spiegel des Lido, wie Toni mich anschaut, mit einem Blick, der klar ist und geduldig, ein festes Schauen, das, in den Worten des Nenjokyō, gerade und nach vorne gerichtet ist, bestimmt aus dem Körper hinaus, ein Schauen, das nichts als Schauen ist durch die geöffnete Pforte des Auges. Ich schaue zurück, bemerke, wie sich unsere Körper einander zuwenden, wie eine fast unsichtbare Bewegung Tonis auf meinen Körper überspringt, wie wir, Spiegel im Spiegel, gemeinsam eine Geste vollziehen, die, unzertrennbar, weder ihr noch mir gehört, die Geste einer Krähe am Himmel, die Geste der Sonne, oder, wie ich denke, das leichte Zucken der Hand eines Mönchs, die erste Geste im Steingarten nach Jahren des unbewegten Sitzens, eine Öffnung der Handfläche hin zum ausgetrockneten, zum reinen Land.

Mit Dank an die frühen Leser:innen

Annemarie Nowaczek
Takashi Doi 土居喬
Verena Herterich
Christopher Heil
Fiona Sironic
Marko Dinić
Greta Lauer

Gefördert von der Kulturabteilung der Stadt Wien, Literatur

3. Auflage
Umschlag: & Co graphikdesign www.und-co.at
Satz: AD
Druck: Florjančič

ISBN 978-3-99059-163-5

www.droschl.com
Literaturverlag Droschl Stenggstraße 33 A-8043 Graz